KB148458

멘토 셰익스피어

한 학기 한 권 읽기 01

멘토 셰익스피어 —인간관계가 어려울 때 꺼내 읽는 삶의 지혜

초판1쇄 펴냄 2022년 11월 28일
초판2쇄 펴냄 2024년 05월 07일

지은이 한기정
펴낸이 유재건
펴낸곳 (주)그린비출판사
주소 서울시 마포구 와우산로 180, 4층
대표전화 02-702-2717 | **팩스** 02-703-0272
홈페이지 www.greenbee.co.kr
원고투고 및 문의 editor@greenbee.co.kr

편집 이진희, 구세주, 정미리 | **디자인** 이은솔, 박예은
마케팅 육소연 | **물류유통** 류경희 | **경영관리** 이선희

저작권법에 의하여 한국 내에서 보호를 받는 저작물이므로 무단전재와 무단복제를 금합니다.
책값은 뒤표지에 있습니다. 잘못 만들어진 책은 구입처에서 바꿔 드립니다.
ISBN 978-89-7682-695-4 03800

독자의 학문사변행學問思辨行을 돕는 든든한 가이드 _(주)그린비출판사

멘토 셰익스피어

인간관계가 어려울 때 꺼내 읽는 삶의 지혜

한기정 지음

그린비

머리말

햄릿을 연기하는 방법에는 1,000가지가 있다는 말이 있습니다. 같은 작품이라도 똑같은 연극은 없는 이유겠지요. 셰익스피어의 연극은 여전히 세계 각국에서 여전히 활발하게 공연되고 있으며, 어떤 극작가보다도 공연 횟수가 많은데요. 수 세기가 지난 오늘날까지 셰익스피어가 이렇게 부동의 최고 작가로 인정받고 있는 이유는 무엇일까요?

셰익스피어의 작품은 오랫동안 읽히고 공연되면서 개방성과 확장성이 점점 커지는 점이 특이합니다. 오늘날의 작가들도 끊임없이 셰익스피어를 인용하고 있어서, 셰익스피어라는 인물과 그가 쓴 글은 셰익스피어의 독자가 아닌 사람들의 인생에까지 스며들고 있습니다. 셰익스피어의 영향력은 사용하는 언어에 상관없이 보편적이라는 점이 우리가 셰익스피어를 읽어야 하는 이유이기도 합니다. 셰익스피어는 늘 지적 대화의 소재가 될 수 있기 때문이지요.

셰익스피어는 인생의 가치에 대해서 어떤 작가보다도 많은 의미를 전달해 줍니다. 인생의 중요한 문제들을 셰익스피어처럼 광범위하면서도 깊이 있게 다룬 작가는 많지 않습니다. 선과 악, 사랑, 복수, 야망, 질투, 우정, 명예, 권력, 위선, 배신, 기만, 양심, 고통, 정의, 성공 그리고 실패 등 우리가 생각할 수 있는 거의 모든 인간의 문제를 다루며, 개성이 넘치면서도 동시에 보편적인 캐릭터를 통해 절묘한 언어의 배합으로 얘기합니다. 너무 많은 이야기, 너무 많은 인물이 나온다고 어렵게 느낄 필요는 전혀 없는 것이, 세상사에 대해서 겉모습과 실제appearance and reality를 대비시키는 셰익스피어의 기법을 염두에 두면 그의 작품을 쉽게 이해할 수 있기 때문입니다. 그것은 셰익스피어가 진실에 접근하는 방법이자, 우리가 진실에 접근할 수 있는 방법이기도 합니다.

* * *

저는 언제부터인가 사람들에게 셰익스피어 작품에 나오는 개성적인 인물과 그들이 말하는 표현의 묘미, 그리고 그들의 인생 이야기를 전해 주고 싶었습니다. 2018년에 출판한 『셰익스피어를 읽자』가 그 시작이었습니다. 그때는 셰익스피어의 작품과 대사를 되도록 많이 소개하는 걸 목표로 삼아서 분량도 꽤 많았지요. 이번 책은 젊은 독자들이 더 많이 읽어 주기를 희망하며, 셰익스피어가 얘기하고자 하는 사상을 쉽게 압축해서 전달하는 것에 초점을 맞추었습니다. 셰익스피어라는 작가에 대한 몇 가지 궁금한 사실과 함께, 우리가 인생에 대해 셰익스피어에게 묻는다면 그가 어떻게 얘기할까를 상상하며 주요 작품들과 작품에 연관된 주제를 모아 보았습니다. 셰익스피어의 작품은 우리를 좀 더 나은 사람으로 만들어 주는 인류의 교양이라고 할 수 있습니다. 셰익스피어가 전하고자 했던 메시지 몇 개가 독자 여러분에게 도달하기를 바랍니다.

차례

일러두기

1   셰익스피어 작품 인용시 William Shakespeare, *The Oxford Shakespeare*(Oxford World's Classics),
    Oxford University Press 시리즈를 저본으로 삼았다.
2   셰익스피어 작품 표기의 경우 맥락에 따라 기호를 달리했다. 기본적으로 겹낫표(『 』)를 사용하되,
    공연을 가리킬 때는 홑낫표(「 」)를 사용했다.

그림으로 먼저 만나는 셰익스피어의 장면들

22세기~23세기를 배경으로 하는 SF 시리즈 「스타트렉」에서도 16세기 셰익스피어를 인용하는 장면이 나옵니다. 지금도 끊임없이 온갖 만화, 영화, 드라마에서 셰익스피어가 인용되는데요, 그 놀라운 생명력과 사람들로 하여금 계속 찾게 만드는 힘은 어디서 나오는지 궁금해집니다. 셰익스피어 이야기와 그가 남긴 작품들을 만나기 전에, 먼저 셰익스피어 작품의 장면들을 묘사한 그림을 보시죠. 다른 사람들이 상상으로 만들어 둔 인물들과 장면들을 직접 보면서 셰익스피어와 인물들을 더 가깝게 느낄 수 있을 겁니다.

" We know what we are,

but know not what may be. "

윌리엄 셰익스피어

셰익스피어의 초상화 중 가장 유명한 작품입니다. 해당 작품을 소유했던 3대 찬도스 공작의 이름을 따 흔히 '찬도스 초상화'로 불립니다. 그림을 보시면 셰익스피어가 왼쪽 귀에 귀걸이를 하고 있는데, 이는 당시에 독창성과 자유로움을 나타내는 스타일이었다고 합니다.

리어 왕

William Sharp, *"Off, off, you lendings–Come unbutton here"(King Lear, Act 3, Scene 4)*, 1793

윌리엄 샤프가 판화로 표현한 『리어 왕』
중 대표적 장면 중의 하나입니다. 딸들에
게 쫓기다시피 황야로 뛰쳐나온 리어가
신하와 광대와 함께 폭풍우 속에서 인간
이란 무의 존재임을 깨닫게 됩니다. 입고
있는 옷조차 아무것도 아니라며 벗어 버
리자고 하며, 와서 내 단추를 풀어 달라고
하는 대사가 인상적입니다.

Edward Alcock, *Portia and Shylock(The Merchant of Venice,*
Act 4, Scene 1), 1778

화가 에드워드 올콕은 『베니스의 상인』에
등장하는 샤일록과 포샤를 이런 모습으
로 그렸군요. 남장을 한 포샤가 유난히 여
자 티가 납니다. 화가가 일부러 그렇게 그
렸을까요? 작품을 읽으면서 생각해 보시
지요. 그림의 장면에서 샤일록이 살 1파
운드를 담보 잡은 차용증서를 재판관 포
샤에게 제시하고 있습니다.

맥베스

자신의 집에 왕을 초대한 후 밤에 잠든 왕
을 살해하고 정신없이 뛰쳐나오는 맥베
스에게 부인이 냉정을 요구하며 칼을 자
기에게 달라고 하는 장면입니다. 양손에
피 묻은 칼을 쥔 맥베스의 표정과 조용히
하라는 부인의 모습이 초현실적으로 그
려져 있네요.

안토니우스와 클레오파트라

존 워터하우스는 셰익스피어의 작품을 소재로 한 그림을 많이 남긴 화가입니다. 클레오파트라는 기록에 의하면 대단한 미인은 아니었다고 하는데요, 워터하우스 그림 속 클레오파트라는 뭔가 특별해 보입니다. 클레오파트라를 대단한 매력을 가진 여왕의 모습으로 표현하기 위해 화가는 어떤 고민을 했을까요?

로미오와 줄리엣

Frank Bernard Dicksee, *Romeo and Juliet*, 1884

『로미오와 줄리엣』 중 가장 유명한, 담을 넘은 후 밧줄을 타고 줄리엣의 발코니에 올라 재회하는 장면입니다. 줄리엣이 로미오에게 여기를 어떻게 왔냐고 하자 "이 까짓 담은 사랑의 가벼운 날개로 넘었다"라고 로미오가 답하지요. 식구들이 보면 당신을 죽이려고 할 거라는 말에는 "스무 자루나 되는 칼보다도 당신의 눈이 더 무섭다"라고 말하면서 당신만 정다운 눈길만 보내 준다면 가족들의 적개심은 걱정 없다고 로맨티스트의 면모를 보입니다.

십이야

조지 클린트가 묘사한 『십이야』의 한 장
면입니다. 토비 경과 마리아 등 일행이
술을 마시며 놀다가 집사 말볼리오로부
터 잔소리를 듣고 있습니다. 말볼리오는
백작 집안 상속녀와의 결혼을 통해서 신
분 상승을 노리는 속물인데 이를 알고 있
는 주변 인물들이 합심해서 골탕을 먹
입니다.

들라크루아는 『햄릿』을 사랑한 화가였습
니다. 햄릿을 모델로 자신의 자화상을 그
리기도 했습니다. 이 그림은 햄릿이 친
구인 호레이쇼와 함께 물에 빠져 죽은
오필리아의 장례식을 보러 갔다가 해골
을 보며 인생의 덧없음을 얘기하는 장면
입니다.

햄릿을 사랑한 오필리아는 화가들에게
고뇌하는 햄릿보다 더 좋은 소재였던 것
으로 보입니다. 셰익스피어의 등장인물
중 화가들에 의해 가장 많이 그려진 인물
은 아마 오필리아일 겁니다. 오필리아가
미친 후 물에 빠져 죽은 모습을 직접적으
로 그린 것으로 유명한 존 에버렛 밀레이
의 작품은 오필리아 그림 중 가장 많이 알
려진 그림 중 하나입니다.

오셀로

데스데모나는 베니스의 의원인 아버지의 허락을 받지 않고 유색인 장군인 오셀로와 비밀리에 결혼을 합니다. 에두아르 프레데릭 빌헬름 리히테가 그린 이 그림은 데스데모나가 오셀로와 함께 사랑으로 맺어진 정당한 결혼임을 아버지 앞에서 호소하는 장면입니다. 아버지가 한 손은 머리에 다른 손은 탁자에 지탱하고 충격을 받는 모습이 인상적입니다.

한여름 밤의 꿈

윌리엄 블레이크는 시인으로 유명하지만, 화가로서도 대단한 작품들을 남겼습니다. 이 그림은 『한여름 밤의 꿈』의 오베론과 티타니아가 요정들의 춤을 바라보고 있는 장면입니다. 퍽은 옆에서 박자를 맞추듯 손뼉을 치고 있네요. 환상의 세계를 그린 원작과 어울리게 요정들이 춤추는 광경을 수채화로 표현한 이 그림은 시적인 분위기를 잘 보여 줍니다.

헨리 4세

Robert Smirke, *'Henry IV', Part I, Act V, Scene 4, Falstaff and the Dead Body of Hotspur*, n.d.

『헨리 4세』에서 핼 왕자의 라이벌로 등장하는 핫스퍼와 결투해서 자신이 이긴 것처럼 의기양양한 모습의 폴스타프입니다. 사실 핫스퍼는 이미 죽은 시체였지요. 희극적인 장면이 아닌데 폴스타프의 모습은 어떻게 봐도 희극적입니다.

셰익스피어가 위대한 작가인 이유

" 하느님 다음으로 많은 인물을 창조한 사람이 셰익스피어다. **"**

– 제임스 조이스

셰익스피어는 이름만 들어도 모르는 사람이 없는 유명한 작가이면서, 한편으로는 가짜일지도 모른다는 의심을 받는 독특한 인물입니다. 문학의 시조라 할 수 있는 호메로스도 실존 인물이 아니라는 설이 있지만 그건 워낙 옛이야기여서 그렇다 치는데, 셰익스피어에 대한 가짜 논란은 그 자체가 신화적인 이야기입니다. 셰익스피어가 실제 인물이 아니라고 주장하는 책만 해도 5,000종이 넘는다고 하니 역설적으로 대단한 작가이지요. 그러면 진짜는 대체 누구라는 건가 하는 의문이 생기죠? 진짜 셰익스피어의 후보로는 50명 이상이 거론되었다고 하는데, 그중에는 프랜시스 베이컨, 옥스퍼드 백작, 심지어 여왕 엘리자베스 1세까지 들어 있습니다.

셰익스피어가 묘사하는 왕과 상류 귀족사회, 지리나 역사, 철학, 법학 등 다양한 분야의 지식이 범상치 않은 기운을 뿜고 있다는 걸 사람들이 주목하기 시작한 건 사실 셰익스피어가 죽은 후 200년 정도가 지나서부터였습니다. 셰익스피어의 작품을 읽으면 읽을수록 글쓴이가 수준 높은 교육을 받았고 여행을 많이 다녔으며 다방면의 학자들과 교류했다는 인상을 풍기지만, 세상에 알려진 그의 인생은 이에 부합되는 점이 하나도 없다는 주장이 나오면서 저자의 진위 문제를 제기하는 책이 봇물 터지듯 출판되기 시작했습니다. 이런 논란은 진위를 판정해 주는 대신 오히려 셰익스피어를 더 유명한 작가로 만들었고, 그가 위대한 작가이며 특별한 인물임을 증명하는 계기가 되었습니다.

　에드워드 더닝-로렌스Edward Durning-Lawrence는 『베이컨이 셰익스피어다』라는 책을 썼습니다. 그가 주장하기로, 베이컨은 암호 분야에서도 귀재였는데, 『사랑의 헛수고』에 저자에 대한 힌트를 숨겨 놓았다는 겁니다. 이 작품에 나타나는 'honorificabilitudinitatibus'라는 라틴어는 '명예를 지킬 수 있는 상황'이라는 뜻인데, 이 단어를 풀어 쓰면 'Hi ludi F Baconis nati tuitiorbi'로 '프랜시스 베이컨의 자식인 이 희곡들을 세상을 위해서 보존한다'라는 뜻이라고 합니다. 이런 분석이 가능하다는 게 기발합니다. 더닝-로렌스는 셰익스피어의 모든 작품을 분석하며 암호로 추측되는 모든 단어를 연구했다고 하니 대단하다는 생각밖에 들지 않습니다.

　셰익스피어는 자신의 희곡 작품 37개—공동 저작을 합해서 38개 혹은 39개라고 하는 학설도 있습니다—에 1,222명의 다양한 인물을 등장시킵니다. 작가 제임스 조이스는 하느님 다음으로 많은 인물을 창조한 사람이 셰익스피어라는 말을 남기기도 했죠. 그의 작품은 다양한 개성을 가진 인간 군상의 모습을 보여 줍니다. 왕부터 하층민까지 다양한 계층의 인물이 나오지만, 모두가 하나의 인간일 뿐입니다. 역사적 영웅이라 하더라도 보통 사람과 다름없는 허술한 면이 있는 모습으로 나타나는 경우가 많고, 바로 이것이 셰익스피어가 인간과 세상을 바라보는 방식입니다. 예를 하나 들어 볼까요?

셰익스피어는 그의 작품 『율리우스 카이사르』에서 카이사르의 영웅적 면모가 아니라 그가 가지고 있는 보통 사람의 모습에 주목했습니다. 비겁하다는 세간의 평판을 들을까 봐 전전긍긍하는 모습이나 대중 앞에서 멋져 보이고 싶은 허세 등, 카이사르에 대해서 우리가 주목하지 않는 부분에 셰익스피어는 초점을 맞추었습니다. 역사적 영웅이라고 해도 약점이 있는 인간일 뿐이지요. 셰익스피어는 우리에게 인간과 세상을 있는 그대로 보는 법을 알려 주는 듯합니다.

셰익스피어의 작품은 누구에게나 언젠가 읽어 본 듯한 느낌을 주지만, 실제로 그의 작품 하나라도 온전히 읽은 사람은 의외로 많지 않습니다. 너무나 유명한 그의 대표작들에 대해서는 많은 사람들이 플롯을 이미 알고 있어서 새삼스럽게 읽어 볼 동기부여가 되지 않는 것일까요? 알고 있는 얘기를 읽는 것은 대체로 재미없는 일이기는 합니다. 희곡이라는 문학 형태가 우리에게 그다지 가깝지 않은 것도 이유가 되겠지요. 연극이나 영화를 보면 되니까 대본은 안 읽게 됩니다. 게다가 운문이 70퍼센트 정도를 차지하는 작품의 대사가 번역 과정을 거치면서 원작의 맛을 살짝 잃어버린다는 점도 문제가 됩니다. 시는 번역이 불가능하다는 말이 있는데 이런 문제를 말하는 것이겠지요.

많은 작가와 비평가의 공통적인 찬사는 셰익스피어가 인간의 본성을 가장 잘 통찰한 작가라는 것입니다. 셰익스피어를 찬양한 무수히 많은 논평 중 저에게 가장 인상적이었던 것은 괴테의 평입니다.

"셰익스피어의 인간만큼 자연스러운 것은 존재하지 않는다."

이 칭찬은 셰익스피어가 들었어도 좋아하지 않았을까 싶습니다. 셰익스피어가 묘사하려고 했던 인간의 모습이 바로 있는 그대로의 자연스러운 모습이었으니까요.

셰익스피어가 우리에게 주는 중요한 메시지는 인간에 대한 존중심과 겸허한 마음을 가지라는 것입니다. 인간은 근본적으로 무엇인가 모자란 존재인데, 셰익스피어의 작품에는 인간을 겸허한 자세로 돌아가게 하는 무언가가 있습니다. 세상을 살아가는 지혜는 나 자신을 아는 것으로부터 시작되고, 나 자신을 알기 위한 노력은 겸허함의 시작입니다. 셰익스피어 작품을 읽는 의미가 있다면 그건 나 자신을 돌아보게 된다는 것입니다.

우리는 자신을 바로 볼 때 세상을 바로 볼 수 있게 되죠. 그리고 이렇게 자신과 더불어 세상을 제대로 볼 수 있을 때 우리는 타인과 세상을 더 잘 이해하게 됩니다.

셰익스피어가 가장 강조하는 인간의 품성 중 하나가 공감 능력일 텐데요. 내가 다른 사람에 공감하는 것, 그리고 다른 사람의 공감을 얻는 능력은 현대사회에서도 가장 중요한 소양이라고 생각합니다. 다양한 사람들이 서로 각자의 개성을 인정하며 서로가 공감할 때 자유와 평화와 문화를 누릴 수 있을 테니 말이지요.

셰익스피어가 위대한 작가인 이유는 그의 작품이 인간 본성과 관계에 대해 깊이 있는 통찰을 어떤 문학 작품보다도 잘 보여 주기 때문입니다. 그의 인간에 대한 통찰은 시대를 뛰어넘는 보편성을 가지고 있어서 400년 이상이 지난 오늘의 우리에게도 여전히 유효하죠. "셰익스피어는 한 시대를 위한 작가가 아니라 모든 시대를 위한 작가"란 벤 존슨의 말 그대로입니다. 설령 셰익스피어를 읽지 않았어도 그의 작품 속 대사가 이미 속담처럼 우리 기억에 머무르고 있다는 사실만으로 셰익스피어는 인류에게 불후의 작가가 됩니다. 여러분이 기억하는 셰익스피어의 대사는 무엇인가요?

클레오파트라의 코는 잘못이 없다

"역사와 정치로는 담아내지 못한 두 사람의 진심"

"클레오파트라의 코가 조금 더 낮았더라면 세계 역사가 바뀌었을 것이다."——파스칼이 『팡세』에서 한 말입니다. 의역이 되어 원문과는 약간의 차이가 있는데 의미는 거의 비슷합니다. 파스칼은 인간의 헛됨을 말하는 대목에서, 클레오파트라와 사랑에 빠져 파국에 이르는 안토니우스를 예로 들며 저 말을 남겼습니다. 로마의 패권에 가장 가까이 있던 안토니우스의 몰락뿐만 아니라 로마의 역사를 바꾼 결과를 초래했으니 파스칼의 말대로 사랑이란 헛된 것이기도 합니다. 물론 클레오파트라의 코보다는 안토니우스에게 더 큰 원인이 있었기에 파스칼의 말이 적절하다고 생각하지는 않지만요.

역사적으로 가장 유명한 여왕 중 한 명인 클레오파트라에 대해서 우리가 가지고 있는 이미지는 아마도 영화를 통해서일 겁니다. 클레오파트라는 여러 편의 영화에 등장했는데, 현대인이 가지고 있는 클레오파트라에 대한 이미지의 대부분은 셰익스피어로부터 왔다고 생각됩니다. 셰익스피어는 클레오파트라를 주인공으로 발탁한 가장 유명한 작가입니다. 그의 작품 『안토니우스와 클레오파트라』가 바로 그것이지요. 만약 셰익스피어가 이 작품을 쓰지 않았다면 클레오파트라가 그렇게 유명해지지 않았을지도 모릅니다. 셰익스피어는 이 작품의 소재를 역사에서 가져왔는데요, 주로 『플루타르코스 영웅전』의 안토니우스 편을 참고한 것으로 보입니다. 대체로 역사는 승자의 기록이기 때문에 클레오파트라에 대한 평가에는 로마의 시각이 크게 반영되어 있습니다. 그래서 클레오파트라에 대해 흔히 떠올리는 인상은 로마의 장군을 타락시킨 탕녀에 가깝습니다.

　카이사르의 이집트 원정 때 카이사르를 유혹했으며 카이사르 암살 후 옥타비우스와 로마의 일인자 자리를 두고 다투던 안토니우스를 파멸시킨 탕녀라는 것이 로마의 시각이었던 모양입니다. 클레오파트라의 코에 대한 파스칼의 언급은 적절한 비유로 생각되지는 않지만 클레오파트라의 존재가 로마 역사에 미친 영향이 꽤 컸던 것은 사실입니다. 클레오파트라는 율리우스 카이사르의 아들을 낳았고 나중에 안토니우스와는 사실상 부부관계였지요. 카이사르는 여자 때문에 정치적 야망을 망가뜨리는 타입의 정치가는 아니었습니다. 클레오파트라 사이에 가졌던 아들 카이사리온에 대해 그가 한 번도, 심지어 유서에서조차 언급한 적이 없다고 할 정도로 말이지요. 카이사르가 클레오파트라에 매혹된 것은 사실이지만 카이사르는 냉정한

클레오파트라의 코는 잘못이 없다

정치가였습니다. 정치와 개인적인 남녀관계를 구분했던 것이지요. 클레오파트라가 카이사르를 처음 만나는 장면은 매우 극적인데, 자기 몸을 양탄자에 말고 통째로 신하가 들고 와서 카이사르 앞에 나타나게 합니다. 이 장면은 영화에서는 물론이고, 영화를 보지 않았더라도 꽤 에로틱한 상상력을 불러일으킵니다. 사실 클레오파트라가 당시 처한 환경은 정치적으로 권력을 빼앗길 절체절명의 위기였습니다. 클레오파트라는 카이사르의 도움을 받지 않고는 권좌에서 밀려날 상황이었고, 이러한 방법은 정적들의 눈을 피해 카이사르를 만나기 위한 절실함에서 나온 궁여지책이었을 가능성이 더 크다는 것이지요. 어쨌거나 이 사건을 계기로 클레오파트라는 카이사르의 도움을 받게 되고 여왕으로서의 권력을 안정화하게 됩니다.

카이사르와의 관계에서 정치적 재미를 본 클레오파트라는 나중에는 안토니우스의 가치를 단번에 알아봅니다. 로마의 유력한 권력자의 마음을 사로잡으면 이집트의 안정은 저절로 이루어지는 것이지요. 그러니까 클레오파트라는 미모의 탕녀가 아니라 정치적 감각이 고도로 발달한 영리한 정치인이었다는 얘기입니다. 실제로 클레오파트라의 미모에 대한 기록은 어느 문헌에도 남아 있지 않다고 하는데요, 당시 동전에 새겨진 초상 등으로 미루어 볼 때 아주 뛰어난 미모는 아니었다는 게 사실에 가까울 듯합니다. 외모보다는 목소리나 말투 등 특별한 매력이 있는 지적 여인이었다고 보면 맞겠죠. 당시 이집트에는 세계 최대의 도서관이 있었고 클레오파트라는 과장을 좀 보태서 도서관의 책을 거의 다 읽었다고 할 정도로 학구적이고 박식했습니다. 그녀는 주변국의 언어를 모두 말할 수 있어서 통역 없이 직접 외교적 담판을 할 수 있는 능력이 있었다고 하니, 여러모로 대단한 여왕이었던 것이죠.

셰익스피어가 쓴 『안토니우스와 클레오파트라』는 복잡한 정치적 맥락은 배경으로만 삼고 그 두 사람의 사랑을 주로 얘기합니다. 클레오파트라는 안토니우스에게 강렬한 첫인상을 주기 위해 배를 특별하게 꾸미고 여왕의 매력을 극대화하기 위한 장면을 연출하는데, 셰익스피어는 그 장면을 다음과 같이 시적으로 표현합니다. 안토니우스의 부관인 이노바부스의 입을 통해서 말입니다.

여왕이 탄 배는 빛나는 옥좌처럼
물 위에서 타올랐지. 선미는 금박으로 덮여 있고
돛은 진홍색으로 향기를 머금고,
바람은 돛과 사랑의 열병에 빠져서 살랑거렸지.
노는 은빛인데 플루트 소리에 맞춰 물을 갈랐고,
물살이 마치 휘젓는 노와 사랑에 빠진 듯이 더욱 빨라졌네.
여왕의 자태에 대해 말하자면 이건 온갖 묘사를 보잘것없이
만들 정도지. 여왕은 금실로 짠 천 위에 기대 있었는데,
자연을 뛰어넘는 상상력으로 그린 비너스 그림을

클레오파트라의 코는 잘못이 없다

능가했다네.

...

온 도시 사람들이 여왕을 보러 나갔기에, 안토니우스는

홀로 광장을 왕좌처럼 차지하고 앉아서

허공에 휘파람을 불고 있었다네.

그 공기마저 클레오파트라를 보러 갈 판이니

자연에 그만큼 진공의 구멍이 생겼을 것이네.

클레오파트라가 얼마나 매력적이었으면 휘파람에 의해 생긴 공기 소용돌이까지 여왕을 보러 가서 진공이 생겼겠습니까? 안토니우스는 사실 파르티아 원정 자금을 얻기 위해 여왕에게 손을 벌릴 생각으로 이집트에 왔지만, 그보다는 여왕의 매력에 사로잡혀 사랑의 노예가 되고 맙니다. 셰익스피어의 극에서는 로마의 패권을 다투는 안토니우스도 이집트의 절대권력을 가진 여왕도 대개는 약간씩 결함을 지닌 보통 사람의 모습으로 나타납니다. 클레오파트라는 앞뒤 재지 않고 질투심을 폭발시키고 안토니우스는 옥타비우스와 패권을 다투는 전투를 수행해야 하는 결정적 순간에도 클레오파트라와의 사랑 싸움에 흔들리는 모습을 보여 줍니다. 안토니우스는 뛰어난 장군이기는 했지만 쾌락에 탐닉하는 방탕 기질이 충만하고 정치적인 감각은 좀 떨어졌던 것으로 그려집니다. 플루타르코스는 그의 책에서 안토니우스의 이러한 약점에 대해 신랄한 비판을 가했지만, 셰익스피어는 정치가로서는 치명적 약점이라도 이 부분을 어느 정도 낭만적으로 그렸습니다. 클레오파트라에게 빠진 안토니우스는 정치적인 이성과 사랑의 감정 사이에서 엄청난 갈등을 하지만 늘 감정을 따라가게 됩니다. 결국은 악티움 해전에서 옥타비우스에게 참패를 당하면서 정치적으로 완벽한 몰락을 맛보게 됩니다.

안토니우스와 클레오파트라를 통해 셰익스피어가 얘기하려던 것은 무엇이었을까요? 아마도 역사적 인물의 무게를 넘어서서 인간적인 면을 보여 주는 것이었겠죠. 그도 그럴 것이, 셰익스피어는 역사에서 얘기하는 것과는 약간 다른 시각에서 클레오파트라를 그렸습니다. 약간은 억울한 탕녀의 이미지를 벗겨 내고 매력 있는 여인으로 조명하고 싶었나 봅니다. 셰익스피어가 그린 그들의 모습은 실패한 권력자가 아니라 사랑에 빠진 인간의 모습일 뿐입니다. 그들은 서로를 찬양하면서 서로의 사랑을 확인하면서 죽어 갑니다. 스스로 죽음을 맞는 모습도 약간 대조적인데, 안토니우스는 칼을 깊게 찌르지 못해 단번에 성공하지 못합니다. 덕분에 그는 부하들에게 클레오파트라 곁으로 데려가 달라고 해서 그녀의 품에 안겨 사랑을 확인하며 죽어 갑니다. 반면에 클레오파트라는 시녀들과 순서까지 정해서 독사에 물려 깔끔하고 처연하게 죽습니다. 중요한 것은 두 사람이 서로의 사랑을 확인하고 마지막을 함께한다는 것입니다. 이런 역사적 사건을 처리하는 셰익스피어의 방식을 보면 그를 멜로

드라마의 시조로 봐도 되지 않을까요.

셰익스피어는 클레오파트라와 안토니우스를 전쟁이나 정치에서는 실패를 했지만 사랑에서 고귀한 성취를 하는 인물로 그렸습니다. 셰익스피어가 본 것은 역사나 정치가 아니라 인간, 그리고 관계였던 것이지요. 안토니우스는 단지 바쿠스적 기질을 가진 난봉꾼, 혹은 실패한 장군이나 정치인이 아니라 사랑에 몰입하는 낭만 시인으로, 클레오파트라는 요부이며 영웅을 망가뜨리는 탕녀가 아니라 한 남자를 온 힘을 다해 사랑한 매력적인 여인으로도 기억되게 된 것은 셰익스피어의 덕이라고 생각합니다.

햄릿은 억울하다

" 햄릿이 우리에게 던지는 철학적 질문들 "

셰익스피어 작품에서 가장 유명한 주인공은 뭐니 뭐니 해도 햄
릿입니다. 셰익스피어의 아들 이름이 햄닛Hamnet이었답니다. 어
릴 때 죽은 아들의 이름과 작품 『햄릿』 사이에는 어떤 연관이
있을까요? 셰익스피어가 창조한 인물 중 작가 자신이 가장 애
착을 느끼는 인물이 햄릿이었을 거라는 생각이 듭니다.

　햄릿은 지성인의 대명사이면서 우유부단형 인간의 상징이
기도 하지요. 그가 지성인임에는 이견이 없지만, 우유부단형 인
물로 정형화된 것은 햄릿에게는 좀 억울한 일입니다. 러시아의
문호 투르게네프가 돈키호테형 인간과 햄릿형 인간을 처음으
로 얘기한 것으로 알려져 있습니다. 이후로 많은 사람이 이 단
순구분을 따랐지요. 투르게네프는 햄릿을 우유부단한 인물의
전형으로 파악했다는 얘기인데, 단순 돌진형 인물 돈키호테와
대비시키기 위해 성격을 지나치게 단순화했다는 것이 아쉬움

으로 남습니다.

햄릿은 자기 삼촌이 부왕을 살해하고 왕위에 오른 것을 알고 복수를 결심한 덴마크의 왕자입니다. 그가 우유부단한 인물이라는 평가를 받는 이유는 복수의 대상인 삼촌 클로디어스를 살해하겠다고 결심하고도 실행을 계속 지연시키기 때문입니다. 햄릿이 결심을 하고 첫 번째 기회가 왔을 때 칼로 찔러 버렸으면 클로디어스 한 사람의 죽음으로 그의 복수가 간단하게 완성되었을 텐데 결행을 하지 못함으로써 결과적으로는 햄릿 자신과 어머니를 포함해서 모두 일곱 명이나 죽게 되는 대형 비극이 됩니다.

『햄릿』은 셰익스피어 작품 중 가장 대작입니다. 셰익스피어 당대에도 인기가 있어서 판본도 많았고, 분량도 점점 늘어나서 전체 텍스트를 연극으로 상연하려면 4~5시간이 걸릴 정도지요. 셰익스피어는 연극이란 무대에서 보는 것이라는 생각 때문에 작품 출판에 큰 관심이 없었다고 하는데, 그런 셰익스피어가 이 작품만큼은 출판을 원했다고 합니다. 분량이 그렇게 늘어나게 된 것도 셰익스피어가 이 작품을 읽는 책으로도 생각했기 때문 아닐까요.

다시 햄릿의 복수 이야기로 돌아와, 그가 복수를 결심하는 과정이 쉽지 않았던 만큼 실행도 간단하게 처리될 수는 없었습니다. 아버지의 유령을 보고 부왕의 시해 사실을 의심하게 된 햄릿은 삼촌인 클로디어스와 어머니 거트루드의 행동을 관찰하기 시작합니다. 고뇌의 연속인 이 과정에서 햄릿의 유명한 독백이 나오게 되죠. "사느냐 죽느냐, 그것이 문제로다." 이는 『햄릿』을 읽지 않았어도 모두가 아는 대사이지만 그 뒤가 어떻게 이어지는지 볼까요.

"사느냐 죽느냐, 그것이 문제로다;
가혹한 운명의 돌팔매와 화살을
참고 견디는 것이 고귀한 일인가
아니면 고통의 바다에 대항하여 무기를 들고
맞붙어서 끝장을 보는 것이 옳은가? 죽는 것은 잠자는 것
그뿐이지. 잠이 들면 마음의 상심도
육신이 물려받은 수천 가지 타고난 고통도 끝나는 법
그것이 바로 원하는 마무리; 죽는 것, 잠드는 것.
하지만 잠이 들면 꿈을 꾸지. 아, 그것이 걸림돌이야
우리가 이승의 고통을 버리고
죽음이란 잠을 잘 때 무슨 꿈을 꿀지 모르니
주저할 수밖에. 그렇게 오랫동안
살아가며 견뎌야 할 재앙을 숙고할 수밖에"

"사느냐 죽느냐"의 원문은 "To be or not to be"인데 우리말로 딱 들어맞게 번역하기가 어렵습니다. 사는 것과 죽는 것을 얘기하고자 했다면 왜 "To live or to die"라고 표현하지 않았

햄릿은 억울하다

을까요? 햄릿은 개인의 차원에서 자살에 대해서 고민하고 있지만, 작가는 인간 존재에 대한 고뇌를 철학적으로 표현하고자 했던 것으로 보입니다. 문자 그대로 보면 내가 존재하고 있는 상태를 그대로 둘 것인가 아니면 그 상태를 깨트릴 것인가의 문제입니다. 결론적으로는 사느냐 죽느냐의 문제이기도 하고 더 나은 번역이 마땅치 않으니 그대로 읽어도 괜찮습니다.

햄릿이 죽음에 대해서 사색하는 장면이 또 하나 있는데 이 또한 햄릿만의 문제가 아니라 인간 전체의 문제입니다. 인간의 고뇌와 지성인의 품위가 함께 드러나는 다음 대사를 볼까요?

> "참새 한 마리가 떨어지는 데도 신의 섭리가 있다네.
> 만약 지금 죽음이 찾아온다면 다시는 오지 않지.
> 나중에 오지 않으면 지금 오는 것.
> 지금 오지 않는다고 해도 언젠가는 오기 마련
> 마음의 준비가 전부야.
> 어차피 남은 인생이 어떨지는 아무도 모르는데
> 좀 일찍 떠나게 된들 뭐가 그리 아쉽겠나.
> 그냥 순리대로 하는 거지."

마지막의 순리대로라는 것은 "Let be"의 번역입니다. '있는 그대로'는 셰익스피어의 키워드이기도 합니다. 이 말은 자연 그대로라는 말인데 인간이 자연을 거스르지 않기란 얼마나 어려운 일인가요?

햄릿의 복수가 미루어지는 과정을 살펴볼까요. 아버지의 유령이 나타나 클로디어스에 대한 복수를 말하면서 햄릿은 시해 사건을 알게 되는데, 유령의 말이 사실인지는 확인이 필요하다고 생각을 합니다. 유령의 존재 자체를 의심하고 있었던 거지요. 햄릿은 독일의 비텐베르크 대학을 다니다가 아버지의 서거로 귀국한 것으로 설정되어 있습니다. 이 설정이 중요한 이유는 비텐베르크가 신교의 발상지이기 때문입니다. 신교에서는 유령이나 연옥의 존재를 믿지 않습니다. 햄릿은 사실 여부를 확인하기 위해 왕을 독살하는 연극을 어전에서 상연해서 클로디어스의 반응을 살핍니다. 이런 번거로운 과정이 독자가 볼 때는 약간 답답하기도 합니다. 연극 상연 중 클로디어스의 반응을 보고 그가 아버지를 살해했다는 확신을 얻게 된 햄릿이 드디어 복수를 결심하고 기회를 노리던 중에 클로디어스가 기도하는 장면을 보게 됩니다. 햄릿은 절호의 기회라고 생각하지만 결행하지 못합니다.

"하려면 지금, 기도를 하는 중.

자, 해치워 버리자.

아니지, 그러면 천당에 가게 되지.

난 원수를 갚게 된다.

하지만 이건 생각해 볼 일,

아버지를 죽인 놈은 천하의 악당,

그 악당을 오직 하나 남은 자식인 내가

보복으로 천당에 보내준다?

그건 복수가 아니라 보은이지."

괴테는 햄릿이 실패한 원인을 유약한 성품으로, 니체는 허무주의로 설명했다고 하는데 세계적인 문호와 철학자의 설명인데도 제게는 설득력이 떨어져 보입니다. 햄릿이 자기 목숨을 노리고 있는 것을 알아차린 클로디어스는 햄릿을 영국으로 추방하려고 합니다. 햄릿의 동창 둘에게 호송을 맡기며 중간에 처형하도록 명하는 밀서를 보내는데, 이를 눈치챈 햄릿은 밀서를 바꿔치기해 그 두 친구가 살해되게 합니다. 친구이지만 가차없이 죽게 만드는 걸 보면 햄릿이 그리 유약한 성품의 소유자가 아님을 알 수 있습니다.

햄릿의 행동 지연에는 사실 이유가 있었습니다. 지성인의 특성이기도 한데 햄릿은 중요한 행동을 섣불리 하고 싶지 않았던 겁니다. 복잡한 인간의 고뇌 과정에서 햄릿은 몽상적이기는 하지만 완벽한 복수를 원했던 거지요. 햄릿은 완벽한 기회를 얻기 위해 자꾸 결행을 미루게 되었고 지연되는 시간에 비례해서 비극은 확대되었습니다. 정의와 복수에 대한 고뇌가 인간 존재에 관한 철학적 고뇌와 합쳐져서 『햄릿』이라는 작품을 이루고 있습니다. 햄릿은 스스로 끊임없이 질문을 하는데 그런 과정이 복잡한 인간 내면을 상징적으로 보여 줍니다. 『햄릿』은 질문으로 시작합니다. "거기 누구냐?" 이는 성을 지키는 보초의 대사인데 인간 존재에 대한 철학적 질문이기도 합니다. 햄릿은 셰익스피어의 캐릭터 중에서도 대사 분량이 가장 많고 가장 복합적인 성격을 가진 인물입니다. 우리 모두의 모습이기도 하고 복잡한 인간 본성을 상징하는 인물이니 탐구할 영역도 많고, 유난히 많은 사랑을 받는 것도 당연하다는 생각이 듭니다.

우리는 왜 항상 불안할까?

" 맥베스, 우리의 불안과 공포에 대하여 "

불안은 어쩌면 인간에게 가장 취약한 심리일지도 모릅니다. 현대인에게 가장 많은 정신질환도 불안과 관련이 있다고 하는데요, 우리는 왜 불안한 걸까요? 불안은 시간과 떼어 놓을 수가 없습니다. 1분 1초 후의 일도 우리는 확실히 알 수 없다는 사실을 생각하면, 불안하지 않은 게 오히려 이상하게 느껴질 정도죠.

중세 이전 시대에 불안이나 고통의 강도는 지금보다 훨씬 강했을 것으로 추측됩니다. 가장 큰 두려움은 죽음일 텐데 중세 이전에는 10세 이하의 어린이 중 반은 살아남지 못했다는 글을 본 적이 있습니다. 폭력이나 자연재해의 공포도, 기아의 두려움도 더 심했을 겁니다. 현대인의 불안감은 어떨까요? 우선 불안감의 종류가 훨씬 다양해졌습니다. 현대의 불안은 인간의 욕망과 관련이 많습니다. 욕망은 다양해졌는데 원하는 바가 충족되지 않을 가능성 또한 높아졌기 때문이지요. 불안이란 미래의 욕망이 달성되지 않을 것에 대한 현재의 걱정이고 고통입니다.

　학교에서는 성적 때문에, 졸업하면 직장 때문에, 사회에 나와서는 승진이나 출세 때문에, 애를 가지면 애의 성적, 진로뿐아니라 노년에 대한 불안 등 시시포스의 바위처럼 인간의 고통은 영원히 계속되는 것처럼 보입니다. 현대의 불안은 동류 집단과의 비교 때문에 가중되는 측면이 강합니다. 불안은 '내면 세계와 외부 세계 사이의 갈등'으로 생기는 증상이라고 할 수 있는데 사실 불안의 원인은 대부분 나 자신의 마음속에 있습니다. 불안이란 원인을 제공하는 외부의 사물이나 사람, 사건보다는 내가 그것들을 바라보는 방식 때문에 발생하니까요.

　셰익스피어의 4대 비극 중 하나인 『맥베스』는 불안과 공포에 관한 얘기라고 할 수 있습니다. 이것은 그의 작품 중에서 가장 짧은 작품 중 하나이지만 분량과 관계없이 훨씬 큰 무게를 느끼게 합니다. 독자로서는 그렇게 얇은 책에서 그렇게 철학적인 깊이와 문학적 표현의 묘미를 음미할 수 있는 것이 행복이라고 생각될 정도입니다. 독일의 문호 괴테는 셰익스피어의 작품 중에 『맥베스』를 가장 높이 평가했다고 하는데, 많은 사람이 동의할 것 같습니다.

　맥베스는 전투에 승리하고 돌아오는 개선장군인데 이동 중 마녀를 만납니다. 그는 세 명의 마녀에게 '코더의 영주님'이라고 불리며 장래에 왕위에 오를 것이라는 예언을 듣습니다. 마녀들은 맥베스와 동행하던 뱅쿠오에게는 장차 왕이 될 분을 낳을 거라는 칭송을 합니다. 그 예언은 맥베스의 야심에 불을 붙이는 한편 불길한 기운을 내뿜습니다. 마녀들은 다음과 같은 아이러니한 주문을 합창합니다. "아름다운 것은 추한 것이고 추한 것은 아름다운 것." 맥베스는 마녀의 주문과도 비슷하게 이런 말을 합니다. "이렇게 불쾌하고 아름다운 날은 처음 본다."

맥베스가 마녀들과 조우한 후 귀환길에 왕의 신하가 마중 나와서 그가 코더의 영주로 봉해졌다는 소식을 전합니다. 원래 코더의 영주였던 사람이 반역죄로 지위를 박탈당한 것이죠. 마녀의 첫 번째 예언이 이루어지자 맥베스는 불안감에 사로잡히기 시작합니다. 왕이 멀쩡하게 살아 있는데 자신이 왕이 된다면 현재 왕을 시해해야 한다는 뜻이니까요. 양심의 가책으로 불안은 증폭되고 공포로 확장됩니다. 맥베스의 다음 대사는 왕의 살해를 상상하고 있는 불안한 심리 상태를 고스란히 보여 줍니다.

"현재의 공포는 상상의 공포에 비하면 무섭다고 할 수 없다.
내 생각 속의 살인은 단지 상상뿐이거늘
내 마음을 흔들어
기능을 상상 속에 마비시키니
실체가 없는 것밖에는 존재하지 않는구나."

눈앞의 공포보다 상상의 공포가 더 두렵다는 것, 공감할 수밖에 없습니다. 불안과 공포는 불확실함에서 오는 것이기 때문이지요. 맥베스는 마음의 갈등이 심해지면서 왕의 시해를 망설이는데 그의 부인이 어서 결단을 내리라고 부추깁니다. 결국 맥베스는 던컨 왕이 자기 성을 방문한 날, 연회 후 잠든 사이에 그를 칼로 찔러 살해합니다.

맥베스는 마녀의 예언대로 왕위에 오르지만, 이후 마음이 편한 순간이 없습니다. 그는 자기의 비밀을 알고 있는 뱅쿠오와 그 아들을 죽이기 위해 자객을 보냅니다. 맥베스는 연회를 베푸는 중에 자객에게 살해된 뱅쿠오의 유령이 나타나 혼비백산합니다. 맥베스 부인은 그런 맥베스의 나약함을 사내답지 못하다고 핀잔합니다. 하지만 부인도 어느 순간부터 마음이 불안합니다. 이 독백을 보면 맥베스 부인의 심리 상태를 알 수 있습니다.

"원하던 것을 얻었으나
만족이 없으니 모든 것을 희생하고도 얻은 것이 없구나.
살해의 대가로 의혹에 찬 기쁨밖에 없다면
우리가 죽인 피살자가 되는 편이 더 안전하겠군."

그렇게 강인하던 맥베스 부인도 한번 불안해지기 시작하자 맥베스보다도 더 빠르게 무너집니다. 그녀는 수면 부족에 시달리며 몽유병 증세를 보입니다. 몽유병 발작 중에 손을 씻는 동작을 계속하는데, 이는 저주의 피 흔적을 지우려는 행동입니다. 그녀는 결국 조현병 증세로 스스로 목숨을 끊습니다. 악마가 들어 있던 것 같던 맥베스 부인도 사실 약한 인간이었을 뿐입니다. 그녀는 악마 역할을 자청했으나 그것은 너무나 무거운 짐이었습니다. 무게를 이기지 못해 그 짐에 깔려 죽은 거지요.

뱅쿠오의 아들은 도망갔다고, 돌아와서 상황을 보고하는 자객에게 맥베스 왕은 이렇게 말합니다.

"그렇다면 내 발작이 재발하겠구나. 그 아들놈을 처치했다면
나는 완벽했을 텐데. …
그러나 이제 오두막 골방에서 끈질긴 의심과 공포에
사로잡히게 되었구나. 뱅쿠오는 안전한가?"

맥베스가 뱅쿠오를 확실히 처치했는가를 묻는데 그가 안전하냐고 묻고 있습니다. 그러자 자객도 "예, 폐하, 구덩이에 안전하게 누워 있습니다"라고 대답합니다. 불안과 공포에서 벗어나는 길은 죽는 수밖에 없다는 말일까요? 의미심장합니다. 맥베스는 결국 반대파와 결전을 벌이게 되고, 불의의 왕인 맥베스는 정의의 편에 패하게 됩니다. 맥베스의 불안은 죽음을 맞이하고서야 해체되는 것이죠. 그가 죽음을 앞에 두고 깨달은 인생의 의미는 다음과 같습니다.

"내일, 내일, 그리고 내일은
이렇게 작은 걸음으로 하루하루

50

기록된 시간의 마지막 음절로 기어간다.
우리의 지나간 모든 날은 바보들이 죽음으로
가는 길을 밝혀 주었지. 꺼져라 촛불이여!
인생은 걸어가는 그림자, 가련한 배우가
무대 위에서 자기 시간을 뽐내고 안달하다가
사라져 버리는 것, 바보가 지껄이는 이야기.
소음과 분노로 가득 찬 아무것도 아닌 이야기."

맥베스와 같이 불안과 공포에 스스로 무너지는 것도 인간
이고, 불안과 공포를 극복하는 것도 인간입니다. 문제는 불안을
바라보고 처리하는 우리의 방식 아닐까요? 실패가 두렵나요?
경쟁에 뒤떨어지는 것이 불안한가요? 가진 것을 잃을까 봐, 얻
고 싶은 것을 얻지 못할까 봐 걱정되나요? 맥베스의 깨달음과
같이 우리가 가진 불안의 대상은 소음과 분노로 가득 찬 아무것
도 아닌 이야기 아닐까요? 불안의 원인뿐 아니라 그 해결도 내
마음에서 사물을 바라보고 판단하는 방식에 달려 있습니다.

"나를 부유하게 하는 것은 사회에서 내가 차지하는 지위가 아니
라 나의 판단이다. 판단은 내가 소유할 수 있다."

그리스 철학자 에픽테토스가 우리에게 전하는 지혜입
니다.

로미오와 줄리엣은 꼭 죽어야 했을까?

" 이별이 이렇게 달콤한 슬픔일 줄이야 "

셰익스피어 작품 중 가장 유명한 비극적 사랑의 주인공은 로미오와 줄리엣입니다. 이 이야기는 너무나 유명해서 자세히 얘기할 필요가 없겠지요. 여기서는 주인공이 어떤 인물인지에 초점을 맞추어 보려고 합니다. 작품의 제목은 '로미오와 줄리엣'이지만 사실 줄리엣의 비중이 훨씬 높아서 '줄리엣과 로미오'라고 하는 것이 더 적절한 제목일 뻔했습니다.

줄리엣의 극 중 나이는 14세인데 조숙했다 하더라도 너무 어리지요? 어쩌면 맹목적이며 순수한 사랑을 표현하기 위해서 작가가 순수할 수밖에 없는 나이로 설정한 것이 아닌가 하는 생각을 합니다.

줄리엣은 사실 나이만 어릴 뿐 자기 주도적이고 주관이 뚜렷한 성숙한 여인입니다. 상대역인 로미오의 나이는 작품에서 정확히 언급되지 않는데 20세에 가까울 것으로 추측됩니다. 줄리엣이 나이는 어리지만 로미오보다 더 성숙한 모습으로 나오는 것도 셰익스피어의 의도였겠지요. 로미오의 면면을 보자면, 그 역시 순수하고 열정적인 청년입니다. 이 작품의 시작은 로미오가 사라지는 바람에 집에서 로미오의 친구를 동원해 찾으려고 하는 장면입니다. 로미오가 사라진 이유는 어떤 여자와 짝사랑에 빠졌기 때문입니다. 로잘린이라는 이름의 여인인데 로미오가 제대로 만나 본 적도 없고 작품에 한 번도 등장하지 않는 인물입니다. 이런 로미오가 줄리엣을 처음 만나는 장면이 인상적입니다. 로미오가 캐퓰릿가의 무도회에 친구들과 함께 신분을 감추고 들어갔다가 발코니에 서 있는 줄리엣을 보고 첫눈에 반하는 장면에서 로미오는 이렇게 중얼거립니다. "입으로는 아무 말도 안 하는데 미모가 말을 하는구나." 이 시점에서 짝사랑의 아픔으로 베로나 교외 숲속을 헤매던 그는 이미 사라져 버렸습니다. 어쨌거나 이 발코니 장면에서 아시는 바와 같이 줄리엣도 동시에 사랑에 빠집니다.

하지만 그가 적대적 집안 몬태규가의 로미오라는 것을 알게 된 줄리엣은 다음 날 로미오를 기다리며 이렇게 독백하지요.

"로미오, 로미오, 어찌하여 그대는 로미오인가요?
아버지를 부정하고 그 성을 버리세요.
저를 사랑한다고 맹세해 주세요.
그러면 저도 캐퓰릿이라는 이름을 버리겠어요.

로미오와 줄리엣은 꼭 죽어야 했을까?

...

이름 속에 뭐가 있나요?

장미꽃을 다른 이름으로 부른다 해도

그 향기는 똑같을 텐데요."

장미꽃의 비유로 사람의 본질은 바뀌지 않는다는 걸 이야 기합니다. 줄리엣의 이 발언은 몬태규 가문과의 반목과 관계없이 무슨 일이 있어도 자신의 사랑은 변함없을 거라는 암시이기도 하지요. 담을 넘어 들어온 로미오와 밀회를 한 후 헤어질 때하는 줄리엣의 대사는 시적이기까지 합니다.

"잘 가요, 안녕. 이별이 이렇게 달콤한 슬픔일 줄이야.

나는 내일이 올 때까지 계속 굿나잇이라고 말할래요."

스윗 소로우sweet sorrow라는 말이 여기서 나왔습니다. 아름답고도 시적인 표현 아닌가요. 줄리엣은 아버지로부터 파리스 백작과 결혼하기를 강요받고 있는 중인데 사랑하는 남자는 로미오이니 어떻게 합니까? 아버지가 로미오를 허락할 리가 없으니 줄리엣과 로미오는 로렌스 신부에게 부탁해 비밀 결혼식을 올립니다. 간밤에 헤어진 후 그다음 날인데요, 그야말로 빛의 속도입니다. 결혼식이 끝나고 한 시간 만에 큰 사건이 일어납니다. 줄리엣의 사촌인 티볼트와 로미오의 친구인 머큐시오 간에 말다툼이 벌어져 결투가 되고 로미오가 싸움을 말리다가 사건에 휘말립니다. 머큐시오가 티볼트의 칼에 맞아 쓰러지고 티볼트는 로미오의 칼에 맞아 죽습니다. 로미오는 이 사건으로 베로나에서 추방령을 받고, 다음 날 새벽에는 베로나를 떠나야 합니다. 줄리엣이 로미오를 떠나기 전에 볼 수 있는 밤은 오늘뿐이죠. 줄리엣이 로미오를 기다리며 이렇게 열정을 표현하는데, 14세의 소녀라고는 믿을 수 없습니다.

> "빨리 달려라, 발굽 불타는 준마들이여.
> 포에부스가 사는 곳으로.
> 페이튼이 그대를 채찍질하여 서쪽으로 내몰고
> 구름 많은 밤이 곧 오게 하리라.
> 밤의 커튼을 펼쳐 다오. 연인들이 사랑을 나눌 밤을 위하여."

여기서 말하는 '그대'는 태양을 뜻합니다. 해가 물러가고 빨리 밤이 와서 로미오의 품에 안길 것을 상상하고 있는 거죠. 로미오는 줄리엣의 보모가 던져 준 줄 사다리를 타고 올라와 줄리엣과 함께 마지막 밤을 보내고, 추방되어 만토바로 갑니다. 진실을 알 리 없는 줄리엣의 아버지는 파리스 백작과 이번 주 목요일에 날을 잡았으니 결혼식을 하라고 합니다. 줄리엣이 싫다고 하자, 아버지는 분노를 터뜨리며 저주를 퍼붓습니다. 로미오는 추방되어 없고 줄리엣의 대화 상대는 유모뿐입니다. 유모

로미오와 줄리엣은 꼭 죽어야 했을까?

에게 무슨 꾀가 없냐고 무슨 말이든 위안이 될 말을 좀 해보라고 하는데 유모는 지금 상황에서는 백작과 결혼하는 것이 가장 좋은 방법이라고 합니다. 첫 번째 남편은 죽은 거나 마찬가지라며 말입니다. 유모는 보통 사람이 생각할 수 있는 최선책을 제시한 거지요. 줄리엣의 다음 독백을 보면 누구에게도 의지하지 않고 자기 운명을 받아들이겠다는 의지가 확고합니다.

> "천벌을 받을 할망구, 끔찍하기 이를 데 없는 마귀 같으니.
> 날 보고 맹세를 어기라고? 게다가 내 낭군이 최고라며
> 입에 침이 마르게 칭찬하던 그 입으로 그이를 욕하다니
> 어찌 죄가 안 될까? 가 버려. 지금까지는 믿어 왔지만
> 이제부터는 마음을 털어놓지 않겠어.
> 신부님께 가서 도움을 청해야지.
> 달리 길이 없더라도 죽을 힘은 남아 있어."

이리하여 신부에게 달려간 줄리엣은 신부가 준 약을 먹고 가사 상태에 빠지는데 만토바에 있던 로미오는 줄리엣이 죽었다는 소식을 듣고 독약을 산 후 줄리엣 옆에서 죽으려고 베로나에 다시 옵니다. 이후 벌어지는 일은 생략하도록 하지요. 자, 어떻습니까? 줄리엣이 참 대범하고 강인한 여성이라는 생각이 드시죠? 양방향으로 첫눈에 반하는 사랑, 맹목적이고 순수하고도 열정적인 사랑의 본보기와도 같습니다. 모든 일이 번개처럼 빠

르게 진행되는 것은 셰익스피어의 의도적 설정이겠지요? 불꽃 같은 사랑이니 빠르면 어떻습니까. 줄리엣은 사랑에 빠진 인간의 모든 것을 보여 줍니다. 줄리엣이 하는 말은 대부분이 시인데요, 그녀의 대사에서 열정과 순수함을 아낌없이 발산합니다.

처음 이 작품을 보고 로미오와 줄리엣은 꼭 죽어야 했을까 하는 의문을 가졌었습니다. 아름다운 사랑 얘기의 결말이 젊은 연인의 죽음이라는 것이 아쉽기도 했고요. 특히 비극을 초래한 로미오의 성급함에 대해 조금 화가 나기도 했습니다. 셰익스피어는 오히려 죽어서는 안 될 젊은 남녀의 사랑을 역설적으로 표현한 것은 아닐까 생각해 봅니다. 사랑은 멋지고 위대한 동시에 어리석고 맹목적인 면이 있는 법이니까요.

셰익스피어는 어떤 인물인가

" 조용히 빛나는 천재 "

셰익스피어는 유명 작가치고는 개인적으로 알려진 사실이 많지 않습니다. 사실 엘리자베스 1세가 통치하던 무렵의 극작가 모두 그렇더군요. 셰익스피어는 오히려 가족관계라든가 재산의 거래 명세, 소송 기록 등 제법 많은 소소한 정보들이 기록으로 남아 있다고 합니다. 아들이 어릴 때 일찍 죽었다는 사실이나 셰익스피어가 18살 때 8살 많은 앤 해서웨이와 결혼한 사실 등을 포함해서 말입니다. 단지 우리가 알고 싶은 세부 사항들이 남아 있지 않은 거지요.

셰익스피어와 동시대 인기 작가들인 크리스토퍼 말로나 토머스 키드, 벤 존슨 등에 대해서는 성격이 비교적 구체적으로 알려져 있는데 셰익스피어의 성격적인 면은 전혀 알려진 게 없는 것도 특이합니다. 당시는 혈기 왕성한 시대라 공격적이고 싸우기 좋아하는 성격은 밖으로 드러나기 쉬웠던 모양입니다. 말로는 29세 때 결투를 하다가 죽었는데 권력의 미움을 사서 조작된 사고라는 설이 있습니다. 그는 당시에 벌써 세 편의 대작을 썼습니다. 크리스토퍼 말로가 작품 활동을 오래 했다면 셰익스피어와 영국 문학의 양대 산맥이 되었을 수도 있습니다. 벤 존슨도 싸움꾼으로 유명했고 결투를 하다가 두 명인가를 죽여서 사형선고를 받을 뻔했습니다. 키드는 어떤 사건으로 당국에 체포되어 친구인 말로를 고발하기도 했습니다. 고문을 받아서 어쩔 수 없이 말로를 걸고넘어졌다는 얘기도 있습니다. 그들은 조용히 작품 활동만 한 사람들은 아니라는 거지요. 그들은 사회적 고발이나 활동에 적극적이었고 작품에도 자신들의 사상을 표현했습니다. 그들의 작품에 포함되는 자전적 이야기나 개인적인 사상도 쉽게 드러났겠지요.

셰익스피어의 성격이 알려지지 않은 것은 역설적으로 그의 성격이 어떠했는지를 말해 줍니다. 그는 온건하며 자신의 정치적·종교적 견해에 대해서 강력하게 발언하는 종류의 사람이 아니었던 게 분명합니다. 그는 아주 신중한 성격의 중립적인 작가였던 것으로 보입니다. 그의 작품을 보더라도 작가의 개인적인 주장은 거의 나타나지 않으며 등장인물을 통해서 전달하는 메시지도 어느 편에도 거슬리지 않고 이렇게도 저렇게도 해석될 수 있는 여지가 있습니다. 자전적인 이야기도 섞여 있겠지만 전혀 표가 나지 않습니다. 그런 극작 기법 때문에 셰익스피어의 작품이 오늘날까지도 빛을 잃지 않고 있는지도 모릅니다.

셰익스피어는 스트랫퍼드의 문법 학교를 나온 것으로 알려져 있습니다. 대학을 다닌 기록이 없고 해외여행을 한 기록도 없다고 합니다. 셰익스피어의 작품을 읽어 보면 작가가 방대하고 깊은 지식을 가지고 있음을 느끼게 되는데, 어떻게 셰익스피어는 정규 교육을 제대로 받지 않고도 사람들이 놀랄 만한 지식과 인간 세상에 대한 통찰력을 가지게 되었을까요? 독서와 사색, 그리고 인간관계 및 경험을 통해 내공을 쌓은 걸까요? 셰익스피어는 작품의 소재를 역사나 설화에서 많이 가져왔습니다. 오비디우스의 『변신』과 『플루타르코스 영웅전』, 그리고 영국의 역사책인 『홀린셰드 연대기』 등이 셰익스피어에게 재료를 제공한 대표적인 책입니다. 셰익스피어의 작품에는 이탈리아를 무대로 한 것들이 많은 편인데, 해외여행을 하지 않았다는 그가 상당히 정교한 지역 묘사를 한 것을 보면 지리 관련 도서를 많이 보았거나 이탈리아 사정에 밝은 사람들과 교류가 있었던 것으로 보입니다. 그 외에도 정치나 권력, 법, 철학 등 다방면에 관심이 있던 이 작가는 마키아벨리의 『군주론』이나 몽테뉴의 『수상록』을 심도 있게 읽었을 것으로 추측됩니다. 『수상록』의 경우 1603년에 영어 번역판이 나왔다고 하는데, 한 셰익스피어 전문가가 『수상록』과 셰익스피어 작품 간의 유사점을 분석한 결과가 재미있습니다. 1603년 이전의 셰익스피어 작품에 등장하지 않았던 몽테뉴의 독특한 단어나 표현을 그 이후의 작품에서 750개나 발견했다는 것입니다. 이렇게 단어 단위로 분석되는 작가가 또 있을까요? 셰익스피어가 사극 작품에서 정치 주제를 다루는 걸 보면 마키아벨리의 이론 또한 잘 이해하고 있는 것으로 보입니다.

조지 버나드 쇼는 이렇게 말했습니다. "셰익스피어는 남들을 따라갈 때만 훌륭한 작가다." 셰익스피어가 많은 작품을 쓸 때 소재를 빌려 온 사실을 비꼰 것이지요. 실제로 셰익스피어의 작품 대부분은 역사나 설화, 그리고 다른 작품에서 소재를 가져왔습니다. 그는 작가이면서 극장의 공동 경영주였습니다. 연극을 무대에 계속 올리려면 새로운 작품을 일정한 간격으로 써야 합니다. 그는 1년에 평균 두 편 정도의 작품을 썼는데, 극장 경영에 참여하면서 이런 정도의 작업을 해낸다는 것은 경이적입니다. 셰익스피어의 창작 기법은 소재는 가져오되 그 소재를 바라보는 방식에 독특한 시각을 부여하는 것이었습니다. 우리가 셰익스피어로부터 배울 수 있는 점은 창의력이란 사물을 바라보는 방식과 관련이 많다는 것입니다.

셰익스피어에 대한 가짜 논란은 대학 공부도 하지 않은 작가가 그렇게 유식할 리 없다는 편견 때문에 생겼다고 볼 수 있습니다. 역설적으로 셰익스피어는 천재였던 셈입니다. 그의 작가적 재능이나 상상력이 가짜 논란에 묻혀 버렸을 수도 있습니다. 책을 한 권 읽더라도 원전의 작가 이상으로 확대 재생산 할 수 있는 능력, 일상의 인간관계를 보면서 혹은 역사책을 뒤적이면서도 인물 하나하나를 꿰뚫어 보는 통찰력, 같은 내용이라

셰익스피어는 어떤 인물인가

도 독특한 비유로 사람의 마음을 움직이는 수사법 등 그의 작품을 읽다 보면 셰익스피어야말로 천재가 아닌가 하는 생각이 듭니다.

멘토 셰익스피어

로맨틱 코미디의 원조

" 『십이야』가 진정한 희극인 이유 "

셰익스피어 시대는 극작가들의 전성시대였습니다. 셰익스피어와 다른 극작가들 간에 가장 큰 차이가 무엇이었을까요? 보통의 작가들이 희극이면 희극, 비극이면 비극, 자신들이 잘하는 분야가 있었던 것에 비해 셰익스피어는 희극과 비극 모두에 뛰어났던 독보적인 작가였습니다.

셰익스피어의 비극은 대개 죽음으로 끝나고 희극은 결혼으로 끝납니다. 셰익스피어는 말하자면 로맨틱 코미디의 원조인 셈입니다. 남녀가 만나 첫눈에 서로 반하게 되고 약간의 우여곡절을 겪은 후에 결혼에 골인하는 이야기는 지금까지도 우리가 숱하게 보는 로맨틱 코미디의 공식이니 말이지요. 『로미오와 줄리엣』은 비극적 이야기이지만 첫눈에 반하는 사랑의 공식은 동일합니다.

대체로 비극에서는 인간의 어리석음이 결정적 파멸의 원

인이 되지만, 희극에서는 풍자나 조롱의 대상이 되어 웃음을 자아내는 재료가 됩니다. 우리는 등장인물의 어리석음과 위선을 마음껏 비웃으며, 자신을 돌아보고 반성의 기회로 삼습니다. 인생을 너무 심각하게 보면 불행을 자초할 수 있으니, 작은 어려움은 웃음으로 극복하고 소소한 인간적 결점은 솔직하게 인정하여 용서받자는 의미도 있습니다. 인간의 결함조차 따뜻한 시선으로 바라보는 작가가 셰익스피어입니다. 우리 모두 결점이 많은 사람이라고 인정하는 거지요. 다른 사람의 실수를 관대하게 용서하고, 내가 잘못한 경우에 용서를 구하면 우리 사는 세상이 얼마나 편해지겠습니까.

보는 관점에 따라 다르겠지만 셰익스피어가 쓴 희극 중 가장 뛰어난 작품으로 『십이야』를 꼽는 데에는 반대 의견이 거의 없을 듯합니다. 이 작품의 성격으로 보아 축제 희극이라 부르기도 합니다. 십이야는 크리스마스로부터 12일이 지난 날, 즉 1월 6일을 말하는데 일종의 축제일입니다. 특히 엘리자베스 여왕 시절에는 이날에 연극 등을 공연하며 성대한 축제를 벌이는 관습이 있었다고 합니다. 『십이야』의 무대는 지중해 연안의 일리리아인데, 여기에는 꿈과 희망의 나라라는 뜻이 내포되어 있습니다.

이 작품은 남녀의 사랑을 소재로 인간의 어리석은 욕망과 허풍, 품격, 자만심 등 다양한 본성을 풍자하면서 마지막에는 결혼으로 끝나는 즐거운 축제극의 전형을 보여 줍니다. 이 작품에는 신분이나 형식, 관습을 뛰어넘는 자유가, 인간의 허세와 위선을 조롱함으로써 만들어 내는 카타르시스가 있습니다. 등장인물들의 대화는 재치가 넘치며 심한 말이라도 악의가 없어 보기에 편안한 작품이기도 합니다.

공작 오르시노는 백작의 딸 올리비아를 짝사랑하는데요, 여기에 일리리아 해변에 난파한 남매 바이올라와 세바스찬이 오르시노 공작과 올리비아 사이에 얽혀서 사랑극이 진행됩니다. 토비 벨치는 올리비아에 더부살이하는 삼촌인데 술꾼이고 앤드류와 단짝입니다. 앤드류는 토비를 통해 올리비아에게 구애중입니다. 마리아는 올리비아의 하녀인데 토비가 칭찬하는 앤드류에 대해서 이렇게 평가합니다.

"아무렴요. 타고난 재능이 대단하겠죠. 바보에다가 대단한 싸움꾼이잖아요. 다행히 타고난 비겁함이라는 재능이 있어서 싸움 기질을 누그러뜨렸으니 망정이지 그렇지 않았으면 벌써 무덤행이었을 거라고 아는 사람들은 얘기하죠."

이 대사만 보더라도 마리아가 입담이 얼마나 좋은지 알 수 있습니다. 그녀는 극 중에서 인간의 장난 본능을 유감없이 발휘하는 데 중요한 역할을 합니다. 허풍쟁이와 위선자를 실컷 비웃고 골탕 먹이는 과정에서 연출자 역할을 하는 거지요. 여기에서 희생양은 말볼리오입니다. 그는 백작 집안의 집사로, 권위와 거

만한 태도를 대표합니다. 즉 속물적인 가치 체계를 상징하는 인물로서 조롱의 대상이 되는 거죠. 그는 올리비아를 짝사랑하면서 올리비아 아가씨와의 결혼을 통한 신분 상승을 꿈꾸는 인물이기도 합니다. 올리비아가 말볼리오를 어떻게 생각하는지 볼까요? 그녀가 말볼리오에게 하는 말입니다.

"말볼리오, 그대는 자기애가 지나친 게 병이에요. 그러니 뭘 먹어도 입맛이 좋을 리 없지. 너그럽고 거리낌이 없고 마음이 부드러운 사람은 그대가 대포알이라고 생각하는 걸 새총의 돌 정도로 생각한다고요."

공작은 자신의 사랑 문제를 시종에게 의존합니다. 난파를 당한 바이올라가 남장을 하고 공작의 시동으로 들어가 올리비아에게 사랑 고백을 전하거나 선물을 전달하는 일을 하는데, 사랑이 이렇게 이루어질 리 없겠지요. 나중에는 시동으로 변장한 바이올라가 공작을 사랑하게 됩니다. 셰익스피어가 지지하는 사랑은 자기 주도적 사랑 아니던가요. 셰익스피어의 사랑에 대한 해답을 요약하면 진심과 낭만적 상상력입니다.

이제, 토비와 앤드류가 광대 페스테가 부르는 노래를 들으며 술 마시는 장면으로 가 보죠. 여기서 이들은 말볼리오에게 소란 좀 그만 떨라는 핀잔을 듣습니다. 시녀 마리아는 토비와 앤드류와 합세해서 거만한 속물 말볼리오를 골탕 먹일 계획을 세웁니다. 마리아가 올리비아의 필체로 말볼리오에게 보내는 가짜 연애편지를 써 보내고, 말볼리오의 반응을 보며 놀림감을 만드는 거지요. 이 장면은 『십이야』의 하이라이트라고 할 수 있을 정도로 재미있습니다.

남장을 한 바이올라를 사랑했던 올리비아는 나중에 바이올라의 오빠 세바스찬과 결혼하게 되고, 바이올라는 공작과 결혼하게 됩니다. 이 극에서는 재산이나 신분 등의 외적 조건에 의존한 사랑은 전부 실패하는데, 당시 결혼관으로는 매우 혁신적인 설정입니다. 바이올라는 여러 가지 면에서 공작과 대조적입니다. 주인과 하인의 관계로 신분 차이가 크지만, 공작이 수동적이고 의존적이라고 한다면, 그녀는 매우 주도적이고 당당합니다. 사랑은 현실을 뛰어넘을 수 있다는 것을 셰익스피어가 바이올라를 통해 보여 준 셈이죠.

토비가 하녀인 마리아와 결혼하게 되는 것도 파격적입니다. 말볼리오를 골탕 먹일 계획을 짜고 실행하는 과정에서 마리아가 보여 주는 재치와 매력이 토비의 마음을 사로잡았나 봅니다. 그래도 두 사람이 결혼까지 하게 되는 것은 작가의 낭만적 상상력 덕분입니다. 기존의 질서나 권위를 깨부수는 멋진 설정 아닌가요. 이렇게 여러 쌍의 남녀가 짝을 찾아 결혼하는 이야기의 구조는 명작답게 탄탄하고, 유쾌한 웃음을 줍니다.

『십이야』가 우수한 작품으로 평가받는 또 다른 이유로 인물들 간의 조화를 들 수 있는데요, 귀족 계급이든 하인이든 이

극의 모든 인물은 신분 차이에 의한 갈등이 없이 개인적인 성품이나 자질을 개성적으로 보여 줍니다. 남녀 차별이나 신분의 한계 없이 기존의 질서를 파괴하지 않고 각자의 모습을 품위 있게 보여 주는 모습에서 셰익스피어의 또 다른 능력을 확인할 수 있는 것이죠. 또한 『십이야』는 등장인물 중에 악인이 없기 때문에 진정한 희극이라고 할 수 있습니다. 셰익스피어의 후기 희극은 문제극이라고 불릴 정도로 인간관계의 어두운 면도 보여 주지만, 『십이야』는 심한 장난기마저 악의가 아니라 재미로 다루었기 때문에 보는 내내 즐겁습니다. 셰익스피어는 웃음의 효과를 강조합니다. 웃음은 갈등을 화해로 이끌 수 있는 수단이기 때문이지요.

샤일록은 정말 악당일까?

" 보이는 게 다는 아니지 "

제가 처음으로 접했던 셰익스피어는 어린이 버전으로 나온 『베니스의 상인』이었습니다. 악랄한 고리대금업자 샤일록을 영리하고 아름다운 귀족 상속녀 포샤가 기지를 발휘해 명 재판 끝에 통쾌하게 굴복시키는 이야기로 기억하고 있었죠. 『베니스의 상인』을 제대로 읽어 보지 않은 사람들은 이 작품을 착한 기독교인이 악한 유대인에게 통쾌하게 승리하는 얘기로 알고 있을 겁니다. 하지만 이야기는 간단하지 않습니다. 셰익스피어는 양면성을 가지는 인간과 세상을 이분법으로 쉽게 판단하는 것을 경계한 작가이니 말이죠.

셰익스피어가 말하는 양면성이란 인간 세상을 복잡계로 보는 관점이기에 단순화된 이분법과는 반대의 의미입니다. 세상을 선과 악으로 나눌 수 있을까요? 우리 편이 아니면 다 적일까요? 나와 생각이 다른 사람은 공격의 대상이 되어야 할까요?

진보가 아니면 다 보수일까요? 우리가 현재 가지고 있는 샤일록과 포샤에 대한 이미지는 어떨까요?

사건의 발단은 포샤에게 청혼할 계획인 바사니오가 친구인 베니스의 상인 안토니오에게 와서 청혼 자금을 요청하는 데서 시작됩니다. 안토니오는 해상무역을 하는 상인인데 모든 현금이 사업에 투입된 상태라 3,000두카토라는 돈을 대금업자인 샤일록에게 빌리고자 합니다. 두카토란 당시 베니스의 금화인데, 청혼 자금으로 3,000두카토는 빈털터리 신사인 바사니오에게는 사실 터무니없는 고액이지요. 요즘으로 말하면 멋 내기 좋아하는 빈털터리 청년이 재벌 집 딸에게 환심을 얻기 위한 자금으로 수억 원을, 현금에 어려움이 있는 벤처사업가 친구에게 빌려 달라는 격입니다. 안토니오가 우정의 사나이인 것은 의심할 여지가 없습니다만, 그가 선량하고 착한 베니스의 상인인 것만은 아닙니다. 그와 샤일록의 다음 대화를 보시지요.

"어때, 샤일록, 변통해 주겠는가?"
"시뇨르 안토니오, 당신은 말이요, 지금까지 툭하면
거래소에서 내 욕을 했지.
내 돈이 어쩌고저쩌고, 이자가 이러니저러니,
그래도 여태껏 난 어깨를 움츠리고 참아 왔소.
참을성은 우리 유대인의 장기니까.
당신은 나를 이교도라느니 개라느니 하면서

침을 뱉고 발길질을 하더니, 돈을 빌려 달라고…."

"앞으로도 당신을 개라고 부를 거고

계속 침을 뱉고 발길질을 할 거요.

돈을 빌려주더라도 …"

안토니오의 말은 거래 상대에게 대하는 태도가 아닙니다. 당시 기독교인은 교리에 의해 이자를 받는 금융업에 종사할 수 없었습니다. 유대교에는 그런 교리의 제한이 없었기 때문에 당시 금융업에 종사하는 사람은 전부 유대인이었습니다. 샤일록은 엄연히 안토니오와 동등한 사업가였던 거지요. 샤일록의 입장에서는 유대인으로서 그동안 받아 온 박해를 복수할 절호의 기회라고 생각하는 것도 무리가 아닙니다. 안토니오의 친구 하나가 샤일록에게 살 1파운드의 담보에 대해 안토니오가 돈을 갚지 못하면 살을 진짜 베어 낼 거냐고 묻습니다. 쓸 데도 없는 살 1파운드를 베어 내는 이유가 뭔가 하면서요. 샤일록은 당연히 진심이지요. 그는 이렇게 대답합니다.

"그 친구는 나를 모욕했고,

엄청난 손해를 보게 했소; 게다가 내 손실을 비웃고,

내가 이득을 남기면 조롱했지, 내 민족을 경멸하고, 내 거래를 망치고,

내 친구와의 사이를 갈라놓고, 내 적들이 나를 더 미워하게 만들

었어;

이유가 뭐냐고? 내가 유대인이기 때문이야."

샤일록으로서는 복수심을 가질 수밖에 없는 이유가 있습니다. "미우면 죽이고 싶지, 그런 게 인간 아닌가?" 한마디로 요약한 샤일록의 대사인데 공감이 가지 않습니까?

안토니오가 정해진 일자에 빌린 돈을 상환하지 못하게 되자 법정으로 가게 되지요. 그래서 유명한 포샤의 재판이 진행됩니다. 계약의 적법성을 인정받으며 샤일록에게 유리하게 진행되는 것 같았던 재판이, 샤일록의 칼이 안토니오의 가슴에 닿으려는 순간 포샤가 "잠깐" 하며 반전이 일어나는 건 아시는 바와 같습니다. 살을 가져가되, 피는 가져가면 안 된다는 것이죠. 그런데 상식적으로 피 한 방울도 없이 살만 베어 내는 것이 가능한 일인가요? 계약서의 명시적 조항에 앞서는 것이 상식이니 포샤의 논리는 따지고 보면 억지입니다. 게다가 포샤는 베니스의 법을 운운하며 샤일록의 재산을 몰수하고 기독교로 개종할 것을 명령합니다. 베니스 시민의 생명을 빼앗으려 했다는 죄를 추가시킨 겁니다. 이건 해도 너무했습니다.

영문학자들에 따르면 『베니스의 상인』은 희극으로 분류되어 있습니다만, 셰익스피어가 이 작품을 희극으로 의도하고 썼을지는 의문입니다. 내용을 보면 '샤일록의 비극'이기 때문입니다. 영문학계에서 이 작품이 희극으로 분류되고 있는 것은 백인 귀족사회의 편견이 반영된 결과가 아닐까 생각해 봅니다. 물론 이 작품은 영문학자들이 정의하는 셰익스피어의 비극 조건에 맞지 않기는 합니다. 고귀한 신분의 주인공이 죽음으로 파국을 맞이하는 것이 정해진 비극의 틀이거든요.

최종 판결을 받고 정신적으로 완전히 무너진 샤일록은 이렇게 말합니다.

"제발 여기를 떠나게 해주십시오. 몸이 불편합니다. 나중에 문서를 보내주시면 그때 서명하겠습니다."

셰익스피어가 자신이 샤일록을 너무나 비참한 상태로 만든 것에 대해 가졌던 연민의 감정이 담긴 대사로 느껴지지 않나요? 셰익스피어는 겉모습과 실제를 극적으로 대비시키는 수법을 사용합니다. 그것은 역설이기도 하고 아이러니이기도 합니다. 인간관계에서 우리가 이해해야 할 것은 수도 없이 많지만, 겉모습과 실제는 별개라는 것을 셰익스피어는 가르쳐 줍니다. 샤일록은 악당일까요, 희생자일까요.

무언가 석연치 않은 포샤의 정의

" 정의란 무엇인가 "

이어서 『베니스의 상인』을 좀 더 보도록 하죠. 포샤라는 인물은
명 재판관의 이미지로 대중에게 각인되어 있습니다. 샤일록은
재판 초반에 자신에게 유리한 발언을 하는 포샤를 보고 이렇게
말합니다.

"과연 명 재판관이시군요. 다니엘의 현신입니다."

다니엘은 구약 성서의 선지자를 일컫습니다. 이런 칭찬을
하던 샤일록에게 극적인 반전의 패배를 안겨 주는 포샤는 훌륭
한 법조인의 상징 같은 존재였습니다. 미국에서 여성을 위한 최
초의 법률 대학은 포샤 로스쿨Portia Law School이었다고 하는데요,
나중에는 뉴잉글랜드 로스쿨New England Law School로 이름을 바꿨
습니다. 아마도 학교 측에서 포샤라는 이름을 로스쿨에 붙이기

에는 석연치 않은 점을 뒤늦게 발견했나 봅니다. 포샤의 이름을 처음 학교명으로 정한 사람은 『베니스의 상인』을 제대로 읽어 보지 않았을 겁니다.

샤일록이 사채 계약서에 안토니오의 생 가슴살을 담보로 명시하는 억지 논리에 그 이상의 억지 논리로 포샤가 재판에서 승리를 거두게 하는 셰익스피어의 의도는 무엇일까요? 사실 포샤는 판사도 아니고 판결 권한을 위임받은 법학박사도 아닙니다. 아무도 지적하지는 않지만, 법학박사를 사칭한 것 아닌가요? 이 재판을 정의하자면 베니스의 상류계급이 법을 농락하는 집단 법정 사기극입니다. 여기서 우리는 권력의 오용과 남용에 대한 셰익스피어의 신랄한 풍자를 읽을 수 있습니다. 착한 기독교 진영이 악한 유대교 진영에 통쾌하게 이기는 단순한 얘기는 아닌 것이 분명합니다. 오히려 작가는 기독교인의 위선과 유대인에 대한 동정심을 말하고 싶었던 것 아닐까요. 더 나아가서 착한 진영과 악한 진영의 편 가르기 같은 것은 의미가 없다는 걸 말하고 싶었던 것은 아닐까요. 셰익스피어의 의도는 재판에 이기고 벨몬트의 집에 돌아온 포샤의 아래 독백에도 숨겨져 있습니다. 바사니오와 안토니오 등 베니스 상인의 진영에서는 승리의 축제를 준비하는데, 똑똑한 포샤는 자신이 한 일에 대해서 떳떳하지 않은 심정이었을 거라고 생각됩니다.

"오늘 밤은 마치 병든 낮과 같아.

좀 더 창백해 보이고,

태양이 숨어 버린 낮인 것 같아."

바사니오의 구혼 과정에도 석연치 않은 부분이 있습니다. 포샤는 아버지의 유언에 따라 세 개의 상자 중 아버지의 뜻이 담긴 한 상자를 선택하는 남자를 남편으로 정해야 합니다. 세 개의 상자는 각기 금과 은, 그리고 납으로 되어 있습니다. 옛날 이야기가 그렇듯이 여기서도 가장 보잘것없는 것이 옳은 선택입니다. 바사니오가 납 상자를 선택해서 포샤의 신랑감으로 선택되는 과정은 사실 입시부정과 같습니다. 모로코의 왕자나 아라곤 왕자의 외양보다는 바사니오에 끌린 포샤는 바사니오가 상자를 고르기 위해 숙고하는 동안 노래를 불러 힌트를 줍니다. 노래 마디 끝의 단어를 브레드bread, 헤드head 등으로 만들어 납을 의미하는 레드lead와 운을 맞춰 줍니다.

포샤와 바사니오의 결혼 생활은 과연 행복했을까요? 물론 셰익스피어는 이에 대해 아무런 얘기도 해주지 않았지만 미루어 짐작할 수 있는 근거가 하나 있습니다. 상자 시험에 통과한 바사니오에게 포샤는 반지 하나를 사랑의 징표로 줍니다. 약혼반지입니다. 반지의 포기나 분실은 사랑을 포기한다는 의미라는 걸 주지시키면서 말이지요.

샤일록과 안토니오에 대한 판결이 끝난 후 재판관 발타자르로 분장한 포샤는 안토니오의 목숨을 구해 준 대가로 바사니오에게 약혼반지를 달라고 합니다. 바사니오는 곤란을 느끼며 베니스에서 가장 좋은 반지를 사 드리겠다고 하지만 포샤는 이런 말로 바사니오를 흔들어 놓습니다.

"누구나 자신의 물건을 주기 싫을 때
그런 구실을 만들어 내는 법이에요.
만일에 그대의 부인이 정신이 나가지 않았다면
그리고 내가 이 반지를 받을 만한 일을 했다는 사실을 알게 된다면,
이 반지를 나에게 주었다고 해서
부인이 언제까지나 원망하지는 않을 겁니다."

싫으면 관두라는 식으로 포샤가 물러나니 오히려 당황한 안토니오와 바사니오는 반지를 빼서 하인을 시켜 전달합니다. 저택으로 돌아온 포샤는 나중에 반지가 없는 채 집으로 온 바사니오를 보고 닦달을 하며 이렇게 말합니다.

"그 반지를 드릴 수 없는 이유를
당신이 열심히 설득했다면,
그걸 선물로 달라고 할 그런 염치없고
몰지각한 사람이 어디 있겠어요."

스스로가 몰지각한 사람이 되어 가면서까지 남편에게 가

무언가 석연치 않은 포샤의 정의

차 없이 혼쭐을 내는 포샤는 무섭습니다. 결국 바사니오가 거듭 사랑의 맹세 혹은 충성 맹세를 하며 위기가 봉합되지만 아무래 도 바사니오의 앞날은 좀 험난할 것 같지 않습니까?

샤일록이 악당이 아닌 것처럼, 포샤도 정의의 상징은 아닙 니다. 세상을 이분법으로 설명하는 것은 위험합니다.

인간적인, 너무나 인간적인 복수 본능

" 가장 큰 복수는 복수하지 않는 것 "

인간의 가장 치명적이고 원초적인 본능은 복수심이 아닐까요? 오래전부터 복수극은 가장 인기 있는 영화의 장르 중 하나입니다. 동서양을 가리지 않고 복수는 끊임없이 영화의 주제로 등장하죠. 이는 복수하고 싶은 마음을 가지고 있는 사람들에게 대리만족을 제공하기 때문입니다. 동물 세계의 보복이란 종족의 생존을 위한 자기방어의 의미가 강하지만, 인간의 복수는 확실히 종족 보존의 본능을 초월하는 비이성적인 뭔가가 있습니다. 중세까지 존재했던 결투 문화가 좋은 예입니다. 가문 간의 불화 혹은 개인 간의 명예 문제로 결투가 성행했습니다. 명예는 아주 사소한 문제로부터 손상을 입기도 했습니다. 외모를 비하한다거나 겁쟁이라는 말 한마디에도 실제 결투가 발생하고 사람들이 죽었습니다. 결투란 목숨을 걸고 하는 것인데 겁쟁이 취급을 받느니 싸우다가 목숨을 잃는 것이 낫다고 생각하는 것이 당시 정신세계였습니다. 복수의 명분은 정의 실현입니다. 정의란 무엇인가는 간단한 문제가 아닙니다만, 고대로부터 정의의 일차적인 정의는 되갚는 것입니다. 불의를 몸소 심판하는 것이지요.

셰익스피어의 작품 중에 끔찍한 유혈 복수극이 있습니다. 『티투스 안드로니쿠스』가 바로 그것인데 유혈의 정도가 심해서 영국에서도 이 연극을 상연할 때는 극장 밖에 구급차를 대기시켰다고 합니다. 상연 중에 졸도하는 관객이 발생했기 때문이지요. 이 극은 로마의 장군 티투스가 고트족을 정벌하고 고트족의 여왕과 왕자 셋 등 포로를 데리고 귀환하는 것으로 시작합니다. 티투스는 말하자면 개선장군인데 그의 장남 루키우스가 고트족 여왕 타모라의 장자를 제물로 바쳐서 그동안 로마의 희생자들을 위로해야 한다고 주장합니다. 티투스는 고트족과의 전쟁으로 10년 동안 25명의 아들 중에 21명을 잃었으니 그럴듯한 제안이라고 생각합니다. 이에 타모라 여왕은 자식의 생명을 구하기 위해 티투스에게 무릎을 꿇고 간청하지만, 그는 이를 냉정하게 거부하고 여왕의 아들은 결국 제물로 바쳐집니다. 타모라는 미모가 뛰어났는지 로마 황제의 눈에 들어 그와 혼인을 하고 왕비가 되면서 본격적인 복수극이 시작됩니다. 타모라의 남은 두 아들은 티투스의 딸을 겁탈하고 혀와 손을 잘라 버립니다. 한편 타모라의 심복 아론으로 하여금 티투스의 두 아들에게 황제의 동생을 살해한 누명을 씌워 사형선고를 받게 합니다. 이번에는 티투스가 탄원을 하지만 로마의 황제는 타모라의 영향을

받아 사형 집행을 명합니다. 티투스의 장남 루키우스는 추방을
당합니다. 아론은 티투스의 일족 중 하나가 팔을 하나 잘라서
바치면 황제는 두 아들을 살려 줄 것이라고 부추기고, 이에 티
투스는 자기 왼팔을 아론에게 자르게 합니다. 하지만 두 아들은
사형을 면하지 못하고 자신의 팔만 자른 결과가 됩니다. 아론의
간계였던 거지요. 이 정도 되면 누구라도 복수심에 불타지 않을
수 없습니다. 딸이 당한 비극을 보고 티투스는 자기 심정을 이
렇게 말합니다. 비장한 한 편의 시입니다.

"이 비참에 이유가 있다면
그렇다면 나의 비탄을 제재할 수 있으리.
하늘이 울면 대지가 흘러넘치지 않는가.
바람이 분노할 때 바다는 광란으로 차지 않는가.
크게 부푼 얼굴로 위협하면서.
그리고 그대는 혼란의 이유를 알고 있는가.
나는 바다다. 들어라 바다의 한숨이 어떻게 부는지.
그녀는 울부짖는 하늘이고 나는 대지다.
그러면 나의 바다는 그녀의 한숨에 감동한다.
그러면 나의 대지는 쉴 새 없는 그녀의 눈물에
홍수가 나고 익사한다."

티투스는 황제와 타모라를 저녁 식사에 초대한 자리에서

치욕을 당한 자기 딸을 칼로 베어 버립니다. 놀란 황제가 웬일이냐고 묻자 티투스는 자기 딸이 타모라의 아들들에게 치욕당한 것을 얘기합니다. 황제가 그들을 데려오라고 하자 어미와 황제가 맛있게 먹은 파이가 그들이라고 합니다. 그러고는 칼을 뽑아 타모라를 죽이죠. 왕비를 잃은 황제는 티투스를 죽이고, 추방당했던 티투스의 장남 루키우스가 돌아와 황제를 죽이고 스스로 황제의 자리에 오릅니다. 루키우스는 타모라의 심복 아론을 산 채로 매장합니다. 끔찍한 복수극이 이렇게 양쪽의 멸족 단계에 이르러서야 끝이 납니다.

이러한 유혈 복수의 결과로 무엇이 얻어졌을까요? 셰익스피어는 왜 이런 유혈 복수극을 썼을까요? 어느 쪽이든 정의가 이루어진 걸까요? 복수나 보복으로 정의가 회복되지는 않습니다. 복수는 복수를 낳을 뿐입니다. 역사적으로도 대부분의 전쟁은 정의 회복과는 별 관계가 없어 보입니다. 양쪽에 엄청난 희생을 초래할 뿐이죠. 정치적인 보복도 마찬가지입니다. 승자는 대부분 패자에게 어떤 형태로든 상당한 보복을 행합니다. 패자가 나중에 권력을 잡게 되어 승자가 되면 자기가 당했던 기억을 잊지 않고 몇 배로 보복하는 것은 인간의 대표적인 어리석음입니다.

우리의 일상생활에서도 마찬가지입니다. 인간관계에서 배신을 당하거나 모욕을 당한 경우, 혹은 부당하게 큰 피해를 본 경우, 복수 본능이 발동하는 것은 당연합니다. 결투를 신청할 수도 없고 어떻게 해야 할까요? 여기서 우리는 복수의 의미를 현대적으로 다시 생각해 볼 필요가 있습니다. 상대방에게 고통을 되돌려 주는 것보다 더 중요한 것은 내가 받았던 고통으로부터 빨리 회복하는 것입니다. 영화에서야 복수를 통해 정의를 회복하고 해피엔딩으로 끝나지만 실제로는 셰익스피어가 보여주듯 복수는 사람의 영혼까지 망가뜨립니다. 복수 본능은 너무나 강력해서 일단 여기에 빠지게 되면 나의 삶을 소모하게 됩니다. 그 고뇌는 햄릿 못지않지요. 복수 감정에 빠져서 내 인생이 망가진다면 복수에 성공한들 무슨 의미가 있을까요. 내가 잘사는 게 이기는 길입니다.

정의는 결코 복수를 통해서 실현되지 않습니다. 내 마음에 미치지 못하더라도 정의 회복은 사회적 관습이나 법 테두리에서 이루어지도록 맡겨 두고 내 상처 치료에 집중하는 것이 낫습니다. 가장 큰 자비는 복수하는 마음을 가지지 않는 것이라고 하지요. 크고 작건 복수심에 사로잡히게 된다면, 셰익스피어의 유혈 비극 『티투스 안드로니쿠스』를 떠올려 보는 건 어떨까요?

고집스러운 왕의 최후

" 리어 왕, 독단의 위험과 비극 "

권위주의자가 진실을 보지 못하고 고집을 부릴 때 생기는 비극을 그린 것이 『리어 왕』입니다. 플롯은 매우 단순하지만, 인간의 어리석음에 대한 큰 깨우침을 주는 위대한 작품이지요. 조지 버나드 쇼는 "앞으로『리어 왕』보다 더 훌륭한 비극을 쓸 작가는 없을 것"이라 말했다지요. 왕이 나라를 셋으로 쪼개 자식들에게 분할 통치하게 한다는 설정은 크게 설득력이 없지만, 이런 플롯은 셰익스피어 특유의 단순화 혹은 우화적 화법으로 이해해야 합니다. 늙은 왕이 자식들에게 영토와 권력을 이양하고 여생을 편안히 지내려는 건 인간적이며 현실적인 희망이니까요.

　『리어 왕』은 매우 철학적인 작품이지만 그 이야기는 매우 간단합니다. 고집스러운 권위 때문에 가장 단순한 진실조차 보지 않으려는 인간에 관한 얘기입니다. 리어 왕이 영토를 분할하는 방법은 세 딸에게 아비에 대한 효심을 각자가 말로 표현하도록 하여 사랑의 정도에 따라 나눠 주는 것입니다. 그는 아마도 딸들이니까 비슷한 표현으로 아비를 사랑한다고 말할 것을 기대하고 삼등분 해주려 했을 것입니다. 리어는 내심 가장 사랑하는 막내딸 코델리아에게 가장 좋은 영토를 주려고 생각하고 있었습니다. 간단한 효심 테스트는 요식행위일 뿐이지요. 그도 이 간단한 문답으로 효심의 깊이를 측정한다는 것이 말도 안 된다는 걸 알았을 겁니다. 그가 큰딸 고너릴과 둘째 딸 리건의 입바른 사랑 표현을 액면 그대로 받아들이고 정작 그를 진정으로 사랑하는 코델리아가 특별히 할 말이 없다고 하자 막내의 몫까지 첫째와 둘째 딸에게 나누어 얹어 주는 걸 어떻게 봐야 할까요? 사실 코델리아는 입바른 언니들의 위선에 화가 나 입을 닫아 버린 겁니다. 그때 리어 왕은 코델리아에게 이렇게 말합니다.

"아무 말도 없다면 아무것도 줄 게 없다.
Nothing will come out of nothing."

리어는 코델리아의 한 단어 대답 "nothing"이 왕의 권위를 무시하는 것이라고 받아들입니다. 권위주의자 리어 왕은 아무리 사랑하는 막내딸이라도 왕의 권위를 부정한다면 용납할 수 없습니다. 리어 왕의 충신 켄트가 간곡하게 왕의 결정이 잘못임을 지적하고 코델리아의 사랑이 결코 덜하지 않다는 것을 호소하지만 그는 켄트에게 이렇게 말합니다.

고집스러운 왕의 최후

"활은 이미 당겨졌다. 화살에 맞지 않도록 하라."

　리어 왕은 켄트에게 살고 싶으면 그만 닥치라고 하며 진실을 말하는 충신을 추방합니다. 막내딸 코델리아도 추방당하듯이 프랑스 왕에게 시집을 갑니다. 신하나 광대의 행동으로 미루어 보면 리어는 왕으로서의 통치 행위는 훌륭했으나 자연인으로서는 허점이 많은 인간으로 판단됩니다. 그는 권위 의식과 독선으로 가득 찬 왕이며 타인에 대한 이해나 공감이 전무한 인간입니다. 하지만 권력과 재산을 전부 위의 두 딸에게 물려준 후부터 리어는 이제 왕이 아니지요. 그는 큰딸 고너릴과 둘째 딸 리건의 집에 한 달씩 번갈아 묵으며 여생을 편하게 보낼 생각이었습니다. 그는 고너릴의 집에 묵기 시작하는데 오래지 않아 자기의 왕국에서 일상생활마저 마음대로 할 수 없다는 것을 알게 됩니다. 하기는, 이미 왕국을 양도해 버렸으니 그의 왕국도 아닙니다. 고너릴이 리어에게 시종을 100명에서 반으로 줄이라는 등 훈계를 하자 큰딸에게 악담을 퍼부으며 하는 그의 다음 말은 그가 처한 상황을 가감 없이 보여 줍니다.

"은혜를 모르는 아이를 갖는 것은 뱀의 독니에 물린 것보다 아프다."

　고너릴의 푸대접에 화가 난 리어는 또 이렇게 외칩니다.

"나는 리어가 아니다." 그는 이 순간 왕의 지위가 가지는 권위를 잃어버렸다는 것을 알게 됩니다. 왕의 지위는 스스로 포기한 것이지만 딸에게 당장 이런 대접을 받을 줄은 몰랐겠지요. 그는 분노해서 리건의 집으로 향합니다. 그러나 리건은 한술 더 떠서 시종을 25명으로 다시 반으로 줄이라고 하면서 그 25명마저 왜 필요하냐고 아버지를 몰아붙입니다. 이때 리어는 이렇게 항변합니다. 인간의 소유욕에 대한 철학적 단상이랄까요.

"오, 필요를 따지지 마라. 가장 비천한 거지도 소유하는 것이 있고 남는 것도 있는 법이다. 인간의 육체가 필요한 이상을 허락하지 않는다면 인간은 짐승만큼 값싼 존재 아니냐."

리어의 광대가 큰딸이나 둘째 딸이나 사과와 능금처럼 크게 다르지 않을 거라고 예상한 그대로 사태는 흘러갑니다. 리건과 그녀의 남편은 심지어 성문까지 잠급니다. 주변에서는 다 아는 사실을 당사자만 모르고 있습니다.

두 딸의 홀대로 분노한 리어는 아무 대책 없이 집을 나서 광대와 함께 폭풍 속으로 향합니다. 리어는 이제 무nothing의 의미를 깨닫기 시작합니다. 아무것도 없는 폭풍 속에서 움막과 지푸라기의 소중함을 배웁니다. 그것은 충신 켄트 덕분입니다. 리건의 남편이 족쇄를 채워 가두었던 켄트가 뒤늦게 풀려나 리어를 찾아 폭풍의 광야로 찾아 나서 만난 거지요. 켄트는 움막을 찾고 짚을 깔아 리어의 피난처로 삼습니다. 이제 리어는 타인의 어려움과 고통을 이해하기 시작합니다. 움막 앞에 서서 켄트가 리어에게 이리 드시지요 하고 권하니까 리어는 광대와 켄트에게 너희들이 먼저 들어가거라 말하고는 이렇게 외칩니다.

"가련한 벌거벗은 인간들아, 너희가 어디에 있든지
이 무자비한 폭풍우의 맹렬한 공격을 견뎌 내고 있는 너희들은
머리와 굶주린 몸을 구멍 난 누더기로 어떻게 지탱하고 있느냐.
오, 나는 이런 것에 대해 너무도 생각이 없었구나."

그가 진실에 눈을 뜨기 시작하는 건 미쳐 버린 후입니다. 그것은 바로 자신의 어리석음에 대한 깨달음입니다. 리어는 죽음을 앞두고서야 자신의 과오를 깨닫고 반성하게 됩니다. 다행히 리어는 프랑스의 왕에게 시집갔던 막내딸 코델리아를 전장에서 만나 부녀의 사랑을 회복합니다. 하지만 코델리아는 프랑스군이 전투에 진 후 포로로 잡혀 죽습니다. 막내딸의 죽음을 본 리어는 탈진해서 딸의 뒤를 따릅니다. 켄트는 프랑스와의 전쟁에 이긴 리어의 첫째 사위 올버니로부터 나라를 함께 통치하자는 제안을 받지만 사양하고 주군의 마지막 길에 동행하겠다고 말합니다. 리어의 첫째 둘째 딸 역시 못된 둘째 사위와 함께 비참한 최후를 맞이합니다. 소중한 것을 잃어버린 후에야 그 소중함을 아는 어리석은 존재가 인간입니다.

셰익스피어가 창조한 불효자식

" 말로 베인 상처가 더 아픈 법 "

부부는 사랑이 아무리 깊었어도 어느 순간에 헤어질 수 있지만, 부모와 자식의 관계는 바꿀 수 없습니다. 이렇게 특별한 부모와 자식 간의 관계에 대해 셰익스피어는 꽤 많은 얘기를 한 작가입니다. 셰익스피어의 작중 인물 중 최고의 불효자식은 누구일까를 생각해 본 적이 있습니다. 탐욕 때문에 아버지를 버리는 『리어 왕』의 두 딸, 고너릴과 리건이 우선 생각나네요. 그들은 자식으로서뿐만 아니라 그냥 인간으로서 악한 인물이기도 합니다. 사랑과 관련해서는 『로미오와 줄리엣』의 줄리엣과 『오셀로』의 데스데모나가 떠오릅니다. 그 둘은 아버지가 원하지 않는 남자를 사랑하기 때문에 결과적으로는 불효를 하게 되지만 그들이 아버지를 사랑하지 않는 것은 아닙니다. 파리스 백작과 결혼하라는 아버지의 명을 거역한 줄리엣에게 아버지는 이렇게 분노를 표출합니다.

"목이나 매 죽어, 철없는 것 같으니. 이 몹쓸 것아.

… 하느님이 이 딸년 하나 주신 게 복인 줄도 몰랐구나. 이제 보니

까 하나도 많아."

데스데모나의 아버지는 무어인과 결혼하겠다는 딸에게 분

통을 터뜨리며 이렇게 말합니다.

"다른 자식이 없는 게 정말 다행이다."

자식에게 이렇게 심한 말도 할 수 있는 사람이 부모입니다.

가장 친밀한 가족 사이에 오히려 가장 심한 말, 마음에 큰 상처

를 남기는 말이 오가는 법입니다. 칼로 베인 상처보다 말로 베

인 상처가 더 아프고 오래간다는 말이 있지요. 셰익스피어 시

대의 유럽이나 현대의 우리나라나 큰 차이 없어 보입니다. 그러

나 아무리 화가 났다 해도 목을 매 죽으라는 줄리엣의 아버지는

너무 심하기는 했습니다. 이 장면을 보고 한 가지 생각이 났습

니다. 로미오와 줄리엣의 이야기가 성립되는 배경이 되는 캐퓰

릿가와 몬태규가 사이의 앙숙 관계 말입니다. 아마도 두 가문의

앙숙 관계가 풀리지 않는 게 이런 캐퓰릿가의 높은 분노 성향

때문은 아니었을까요.

줄리엣이나 데스데모나는 젊은 나이에 부모보다 먼저 비

극적으로 죽으니, 사실 그보다 더 큰 불효는 없습니다. 그 둘은

자신의 사랑을 위해서 다른 모든 것을 포기하는데, 이는 그들이 강한 주체성을 가졌기 때문이라고도 볼 수 있겠지만 부모 입장에서는 억장이 무너질 노릇이지요.

『베니스의 상인』에 나오는 샤일록의 딸 제시카의 경우는 저 또한 나중에야 알게 된 불효자식인데요, 이 작품을 처음 읽었을 때 저는 제시카가 나쁜 딸이라는 걸 알아차리지 못했습니다. 어릴 때 읽어서인지, 못된 샤일록을 딸 제시카가 곤경에 빠뜨리는 장면을 통쾌하다고 생각했었죠. 아시다시피 샤일록은 유대인입니다. 제시카는 기독교인 남자와 사랑에 빠졌습니다. 기독교인에 대한 복수심에 불타는 샤일록이 그 사랑을 인정할 리는 없습니다. 그래서 제시카는 애인인 로렌조와 함께 도망을 가기로 합니다. 사랑의 도피에 그친다면 줄리엣이나 데스데모나와 동급 정도겠지만 제시카는 아버지 샤일록에 대한 심각한 배신행위를 추가합니다. 집 안에 있던 샤일록의 보석과 금화가 든 가방 두 개를 통째로 들치기해서 도주하는 거죠. 제시카는 심지어 샤일록이 죽은 아내 레아로부터 받았던 터키석 반지를 원숭이 한 마리와 바꿉니다. 샤일록은 친구에게 이 소식을 듣고 '원숭이 숲 전체를 주어도 바꿀 수 없는 반지'라며 비통해합니다. 샤일록에게 이 소식은 그의 표현대로 고문입니다. 그것은 아내와의 추억이 담긴 상징적인 반지이기 때문에 그에게는 값을 매길 수조차 없는 소중한 물건이지요. 샤일록은 돈만 아는 비정한 고리대금업자라는 이미지를 독자들에게 줄까 경계를 하는 듯이 셰익스피어는 이런 장면을 통해서 그게 아니라고 말하고 있습니다. 돈으로 살 수 없는 가치가 분명 있다는 것을 샤일록이 보여 주는 거죠. 독자의 입장에서도 이 장면은 정말 마음이 아픕니다.

사랑의 도피를 하는 것까지는 그렇다 치더라도 딸이 아버지의 사업자금과 재산을 전부 훔쳐 도망간다는 것은 도저히 공감할 수 없는 일입니다. 제시카가 훔쳐 간 보석과 돈의 가치는 정확한 수치가 나오지는 않지만, 샤일록이 베니스 상인에게 빌려준 3,000두카토보다도 더 많은 돈으로 추정됩니다. 요즘으로 말하면 수억 원 이상입니다. 샤일록이 재판에 져서 대부금조차 몰수당하고 기독교 개종을 명령받는 등 최악의 판결을 받은 상황에서 제시카와 로렌조는 재판에 승리한 포샤의 벨몬트 집에서 축제를 준비하고 있습니다. 로렌조가 베니스의 상인 진영과 친구 사이였던 거지요. 물론 이렇게 극단적인 플롯을 설정한 것은 셰익스피어의 아이러니가 담긴 극작 수법이지만 이런 불효 자식은 정말 해도 너무하지 않나요? 효도는 하지 못하더라도 이런 배신은 받아들이기 어렵습니다.

자식에게 당하는 배신보다 아픈 것은 없겠지요. 사실 최악의 불효자식은 엄청난 비극을 초래하는 리어 왕의 두 딸이겠지만, 아버지 샤일록의 파멸을 보며 기독교인 편에서 회희낙락하는 제시카가 더 못된 딸이라고 여겨집니다. 샤일록을 더 비참하게 보이게 하기 위한 셰익스피어의 인물 설정이 참 절묘합니다.

밉지만 미워할 수 없는 매력

" 자유로움과 뻔뻔함으로 가득 찬 폴스타프 "

셰익스피어가 창조한 인물 중 가장 독특하고 재미있는 인물은 폴스타프입니다. 폴스타프의 개성은 『헨리 4세』 1, 2편에서 두드러지는데 주인공인 헨리 4세나 핼 왕자보다도 연극적으로는 더 비중이 높은 인물입니다. 폴스타프와 뗄 수 없는 인물이 핼 왕자인데 그는 나중에 영국 역사상 가장 성공적인 왕인 헨리 5세가 됩니다. 그런데 셰익스피어는 핼 왕자가 상당히 방탕한 생활을 한 것으로 그립니다. 그리고 왕자의 방탕한 생활 파트너가 폴스타프입니다.

폴스타프는 중년을 지난 뚱보에 술꾼에다가 난봉꾼입니다. 신분은 기사이지만 외모도 시원치 않고 재산도 없으며 거주지도 분명치 않은 놈팡이 노인에 가깝습니다. 그가 젊은 왕자의 놀이 상대가 되어 친구처럼 허물없이 어울리도록 설정한 것은 셰익스피어가 아니면 시대적으로 불가능했을 겁니다. 왕자와 어울리기에 적당한 이유가 없어 보이는데 폴스타프는 어떻게 왕자와 친하게 되었을까요? 폴스타프는 자신을 이렇게 평가합니다.

"나는 본질적으로 재치가 있을 뿐 아니라 다른 사람까지도 재치 있게 만든다니까."

이 대사는 허풍기가 농후하기는 하지만 일면 진실을 담고 있습니다. 폴스타프는 직업이 자칭 도둑입니다. 어느 날 그는 졸개들과 함께 장사꾼들이 지나가는 길목에 매복해서 돈과 물건을 탈취합니다. 핼 왕자는 다른 폴스타프의 졸개 포인스를 데리고 강도질을 숨어서 보고 있다가 폴스타프 일행을 기습해서 그들이 장물을 포기하고 도망가게 합니다. 그들 모두는 나중에 단골 술집에 모이는데 폴스타프는 10명 이상을 상대해서 사내가 된 이후로 가장 잘 싸웠다는 둥, 상대가 모두 겁쟁이더라는 둥 허풍을 떨며 무용담을 꾸며 댑니다. 한참 허풍을 들어 주던 핼 왕자가 이렇게 말합니다.

"우리 둘이서 다 봤다. 너희들 넷이서 네 사람을 습격해서 묶어 놓고는 물건을 약탈하는 장면 말이야. 다음 말을 들으면 찍소리 못 할 거야. 우리 둘이 기습하니까 너희들은 한마디도 못 하고 물건을 버리고 도망을 치더군. 여기 가져왔으니까 보여 줄까?"

폴스타프의 놀라운 능력은 어떤 상황에서도 기죽지 않고 자유롭게 입을 놀리는 재주입니다. 그의 다음 대사를 보면 폴스타프라는 인물이 어떤 사람인지 쉽게 알 수 있습니다.

"물론 자네인 줄 알았어. 자 들어 봐. 내 손으로 왕세자를 죽이겠나? 자네도 내가 헤라클레스만큼 용감하다는 걸 알 거야. 하지만 본능을 생각해 봐. 사자도 왕세자를 건드리지는 않아. 본능이란 위대한 거야. 그때 나는 본능에 따라 비겁했던 거지. 나나 자네나 인생에 있어서 좋은 쪽으로 생각하기로 했네. 나는 용맹한 사자고 자네는 진정한 왕자 아닌가. 그건 그렇고 그 돈을 여기 가져왔다니 반갑군."

그는 상황을 모면하는 변명을 하면서도 돈을 가져왔다는 말에 기뻐하는 실리적인 인물입니다. 폴스타프는 지식이 풍부하며 표현은 저속하지만, 대화의 핵심을 찌르며 생각은 자유롭습니다. 그는 결함이 많은 인물이지만 놀라울 정도로 감각적이며 개성적인 인물입니다. 사실 결함이 많은 정도가 아니라 하는 짓을 보면 범죄자입니다. 그는 기사 신분이기 때문에 헬 왕자를 따라 전투에도 나갑니다. 병사를 모집하는 과정에서 뇌물을 받고 징병을 빼 주기도 하며 이를 자랑처럼 주변에 떠벌립니다. 막상 전투 중에는 싸우다가 죽은 척 가장을 해서 목숨을 건지기도 합니다. 폴스타프는 자기 행동을 이렇게 설명합니다.

밉지만 미워할 수 없는 매력

"죽은 척하는 것은 살기 위한 거니까 속임수가 아냐. 오히려 삶의 진정한 모습이지. 용기란 대개 분별심과 관련된 거지. 조심성이 있었기 때문에 내가 살아난 것 아닌가."

그는 삶 앞에서 아주 실용적인 생각을 가지고 있습니다. 그는 명예에 대해서는 또 이렇게 말합니다.

"명예가 뭐야? 단어일 뿐이지. 명예라는 단어에 뭐가 있는데? 속은 텅 비었다니까."

폴스타프의 사고방식은 현대인과 유사합니다. 그는 헬 왕자에게 칼에 찔려 쓰러진 왕자의 라이벌 핫스퍼를 발견하고 시체가 다시 살아나 자기를 찌를까 봐 두려워 여러 차례 자기 칼로 다시 찌르고는, 어깨에 둘러메고 헬 왕자에게 가서 공을 세웠으니 포상으로 공작이나 백작의 작위를 달라고 뻔뻔스럽게 요청합니다.

폴스타프는 단골 주막의 주모 퀴클리 부인에게도 돈을 빌려 쓰고 갚지 않습니다. 퀴클리 부인이 돈을 갚으라고 아우성을 치자 왕자님에게 1,000파운드를 빌려주었다고 합니다. 퀴클리 부인이 헬 왕자가 왔을 때 이 이야기를 하자 헬은 깜짝 놀라서 내가 언제 1,000파운드를 빌렸냐고 추궁하니 폴스타프는 이렇게 대답합니다.

"헬, 1,000파운드가 아니라 100만 파운드지. 자네가 받는 사랑은 100만 파운드의 가치가 있어. 자네는 내 사랑을 빚지고 있네."

폴스타프의 임기응변과 너스레가 놀랍지 않나요? 왕자가 자기에게 사랑을 빚지고 있다니 대단합니다. 그는 악인에 가까운 인물인데 도저히 미워할 수가 없습니다. 그의 매력은 무엇일까요? 그의 인간적인 결함을 우리 모두가 가지고 있기 때문일까요? 우리는 폴스타프와 같은 방식으로 세상을 살아갈 수는 없습니다. 그렇게 할 수 없어서 그의 자유로움과 뻔뻔함을 부러워하는 것은 아닐까요? 마음 내키는 대로 행하고, 하고 싶은 말을 나오는 대로 뱉어 내는 재주가 부럽습니다. 자유란 물론 타인에게 해가 안 된다는 전제가 있기에 폴스타프의 자유는 진정한 자유가 아닙니다만, 그는 헬 왕자라는 배경이 있기에 그게 가능했습니다. 실제로 그가 사고를 치면 헬 왕자는 표 안 나게 어느 정도 해결해 줍니다. 앞에 얘기했던 강도 사건도 헬 왕자가 해결해 준 바 있습니다. 폴스타프는 극의 결말과는 상관없이 매우 재미있는 일화와 반짝이는 재치를 쉬지 않고 제공하는데 그의 자유로운 연극적 재능이 부럽습니다. 그렇게 내키는 대로 말하고 행동할 수 있으면 얼마나 좋을까요.

리더십을 생각한다

셰익스피어는 사극을 여러 편 썼습니다. 사극이란 대개 권력과 관련되기 마련입니다. 역사는 나라를 움직이는 통치자가 주연을 담당하니까요. 어느 나라이건 최고 권력을 행사하는 통치자는 칭찬과 존경보다는 비난과 조롱을 받는 경우가 많습니다. 국민의 사랑을 받고 나라를 더욱 부강하게 안정시키는 통치자는 매우 드문 만큼 귀하죠. 그 이유는 무엇일까요? 셰익스피어의 작품을 보면 인간이란 모자라는 존재이기 때문입니다. 통치란 많은 사람을 만족시켜야 하는데 그건 보통 사람이 하기에는 너무 어려운 일입니다. 모든 이치를 통달한 철인이나 가능한 일이지요. 그래서 저는 플라톤이 주장한 철인 정치가 일리가 있다고 생각합니다. 현실에서는 세상 운행의 이치를 두루 꿰뚫어 보는 능력자가 없다는 게 ─더군다나 정치판에서는─플라톤의 맹점일 테지만요.

통치자도 결국 한 인간에 불과합니다. 그들도 보통 사람이 가지고 있는 결점을 모두 가지고 있습니다. 문제는 통치자의 결함이 크게 드러난다면 나라가 흔들릴 정도의 위기로 귀결된다는 것이지요. 유감스럽게도 정치인들은 보통 자기의 결함을 모르거나 인정하지 않는 것으로 보이는데요, 이렇게 지도자가 잘못을 인정하지 않는 것이야말로 가장 큰 잘못이 아닐까요.

지도자의 위치에 있는 사람은 그 위치에 갈 때까지 성공을 거듭한 사람입니다. 성공을 크게, 많이 한 사람일수록 오류에 빠지기 쉬운 가장 큰 이유는 지금까지 쭉 성공해 온 자신이 오류에 빠질 가능성이 없다고 생각하기 때문 아닐까 싶습니다. 그들은 자신이 성공한 방식만을 믿는 경향이 있고, 그래서 다른 사람의 다른 의견을 경청하지 않거든요. "내가 다 해봤는데, 그거 아니야, 내가 시키는 대로 해." 이런 말을 자주 하는 리더가 있다면 조심해야 합니다.

셰익스피어의 작품에는 많은 통치자가 등장합니다. 그런데 그들은 대부분 실패하는 모습으로 그려집니다. 유약하고 아무 생각 없으면서 왕권은 신으로부터 받은 거라 침해되어서는 안 된다고 생각하는 리처드 2세, 자기 권력에 반기를 드는 신하나 정적은 모조리 살해하는 폭력적인 왕 리처드 3세, 말만 앞서고 무능력한 존 왕, 놀기만 좋아하고 여성 편력이 화려한 왕 헨리 8세 등이 셰익스피어의 사극에 나오는 실패한 영국의 왕들인데 그들의 공통점은 진실을 보는 능력이 없거나, 보이는 진실조차 외면한다는 것입니다. 그들 중엔 높은 문학적 재능이나 예술적 소양을 갖추어서 작가나 예술가가 되었으면 성공했으리라 보이는 이들도 있습니다만, 통치에 그러한 재능은 거의 필요하지 않습니다.

셰익스피어가 그린 인물 중 가장 성공적인 리더를 꼽자면 헨리 5세일 겁니다. 『헨리 4세』 1, 2편과 『헨리 5세』에 등장하는 중요한 인물이지요. 셰익스피어가 헨리 5세를 통해 말한 리더십의 모습 중 가장 주목했던 리더의 자질은 동기부여 능력입니다. 헨리 5세는 프랑스와의 전쟁 중 아쟁쿠르에서 일전을 벌이게 되는데 군사력이 엄청나게 열세인 상태에서 압도적인 승리를 한 것으로 역사에 알려져 있습니다. 영국이 상당히 열세였던 것은 역사적으로 사실인 듯한데 셰익스피어는 그중에도 가장 극적인 데이터를 가져왔습니다. 바로 프랑스의 병력이 6배나 되었다는 거지요. 전투 결과 차이는 더욱 엄청납니다. 셰익스피어는 양국의 희생자 정보까지 세세하게 인용하는데 그 차이가 너무 심해서 사실로 믿기가 어려울 정도입니다. 셰익스피어가 쓴 가장 애국적인 작품인 셈이지요. 제2차 세계대전 당시 『헨리 5세』는 가장 인기 있는 작품이었다는데 그럴 만합니다. 극적인 전투 직전에 헨리 5세가 병사들을 독려하는 연설이 동기부여의 명연설로 유명한데요, 이는 헨리 5세가 실제로 했던 연설은 아니고 셰익스피어의 창작입니다. 일부만 인용해 볼까요. 『율리우스 카이사르』에서 브루투스와 안토니우스가 대중 앞에서 번갈아 하는 연설이나, 여기서 헨리 5세가 하는 연설을 보면 셰익스피어는 역시 사람 마음을 움직이는 법을 알았던 작가라는 생각이 듭니다.

"우리 비록 소수의 병력이지만 행복한 소수다. 우리는 모두 전우다.
오늘 전투에서 나와 함께 피를 흘리는 자는 내 형제가 될 것이니,
신분이 아무리 비천하다 해도 오늘부로 귀족이 될 것이다.
지금 잉글랜드에 남아 편히 침대에 든 귀족들은
여기 오지 못한 것에 땅을 치며 후회할 것이고
우리와 오늘 함께 싸운 자들의 이야기를 들을 때마다
자신의 용기를 부끄러워할 것이다."

불리한 전력을 알고 있는 영국 병사들은 상당히 불안에 빠져 있었는데 이 연설을 듣고는 한번 해보자는 집단 용기가 생겼던 거지요. 여기서 전우는 원문에 'band of brothers'라는 유명한 영어 표현입니다. 동기부여 외에도 헨리 5세의 리더십 역량은 대단합니다. 형세 판단이나 과감한 의사 결정, 진실을 꿰뚫어 보는 통찰력에 마키아벨리적 잔인함까지 최고 권력자가 가져야 할 대부분의 소양을 갖추었습니다. 최전선에서 직접 전투에 참여하는 솔선수범은 말할 것도 없습니다. 잔인함을 소양이라고 말하기는 그렇지만 마키아벨리는 통치자의 도덕과 일반인의 도덕은 다를 수밖에 없다는 점을 강조했지요.

헨리 5세는 어떻게 이런 리더십 역량을 쌓았을까요? 셰익스피어도 이에 대한 답이 궁금했는지 헨리 5세의 왕자 시절에 주목했습니다. 『헨리 4세』 1편과 2편에는 헨리 5세의 왕자 시절을 주요 소재로 다룹니다. 왕자 시절의 헨리 5세는 핼이라고 불렸습니다. 폴스타프와 핼 왕자에 대해서는 이미 소개한 바 있지요. 핼 왕자는 왕궁에서 국왕 수업을 받은 것이 아니라 폴스타프 일행과 어울리면서 직접 하층민의 생활을 보고 그들의 언어를 함께 말하고 부딪치며 실제 세상을 배웠습니다. 겉보기에는 술을 마시며 방탕한 생활을 한 것으로 보이지만 사실 핼이 이때 국왕의 리더십을 습득했다고 셰익스피어는 말하는 듯합니다.

핼은 부왕이 죽은 후 헨리 5세로 왕위에 오를 때 폴스타프를 쳐냅니다. 폴스타프 자신은 친하게 지내던 왕자가 왕위에 올랐으므로 출세를 기대했지만, 헨리 5세가 된 핼은 폴스타프가 통치에 도움이 안 되는 인물이라는 것을 이미 알고 있었던 거지요. 셰익스피어는 이런 설정 하나만으로도 헨리 5세가 통치자로서 얼마나 뛰어난 인물이었는지를 말해 줍니다. 현대 정치에서도 권력을 잡으면 친한 사람들 위주로 요직에 발탁해서 문제가 생기는 걸 자주 보는데, 핼은 이런 문제를 피해 가다니, 역시 리더로서의 자질이 충분해 보입니다.

셰익스피어가 말한 성공 사례는 헨리 5세 하나이지만 실패한 왕의 사례는 위에 열거했듯이 훨씬 더 많습니다. 우리는 성공보다는 실패에서 더 많은 것을 배웁니다. 셰익스피어는 다양한 예를 들어 왕의 실패를 얘기하는데, 최고의 권력자가 실패하는 가장 큰 이유는 권력 유지 욕심 때문 아닐까 싶습니다. 역사적으로도 독재자가 성공적인 통치자가 되는 경우는 없습니다. 러시아 차르 체제의 독재를 무너뜨리기 위한 공산 혁명 이후 레닌이나 스탈린이 실패한 가장 큰 원인도 공산주의의 체제적 모순보다는 차르 못지않은 공산당의 독재 때문이 아니었던가요. 나치 독일의 히틀러는 말할 것도 없겠지요. 독재가 아니라도 통치자가 진실을 보지 못하거나 일부러 진실을 외면하기 시작하면 그 권력은 힘을 잃게 마련입니다.

멀리 갈 것 없이 근래 우리나라 상황도 크게 다르지 않습니다. 대통령이 여러 번 바뀌어도 정치 행위의 모습과 오류는 되풀이되고 있지 않나요? 리더의 위치에 있는 사람들은 대부분 좋은 교육을 받고 경제적으로도 우위에 있습니다. 그들의 지적 능력이나 판단력은 높은 수준이어야 하는데도 불구하고, 많은 경우 그 반대인 행태를 보이는 것이 이해하기가 어렵습니다.

오늘날 지도자들이 성공하는 방법도 셰익스피어 시대와 다르지 않습니다. 사람을 제대로 이해하고 공감하며 세상을 진실의 눈으로 바라보고 사실을 직시하는 리더십이 열쇠가 되겠지요. 셰익스피어는 정치적 의도를 표현하는 작가는 아니었지만, 그의 작품에서 보이는 정치적 식견이나 리더십에 대한 통찰이 현대에도 적용 가능하다는 점을 생각해 보면 결국 인간사에는 시간이 지나도 변치 않는 이치가 있나 봅니다.

리더십을 생각한다

우정의 의미

" 나는 성장한다. 너로 인해 "

인간 사회에서 우정보다 더 중요한 건 별로 없습니다. 우정이란 친구 사이의 정이나 유대 관계를 뜻하는데 단지 사전적 의미만 으로 우정을 설명하기에는 왠지 미흡하다는 느낌이 듭니다. 친 구란 가족 이외에 가장 많은 시간을 같이 지내며 가장 깊은 대 화를 하고 가장 많이 의지하는 사이입니다. 이해관계 없이 순수 한 인간으로서 서로를 볼 수 있는 시기인 학창 시절에 만난 친 구가 평생 친구가 되곤 하는데요, 성인이 되어 진정한 우정을 나누는 친구를 만나기 어려운 이유도 바로 이 때문이 아닌가 싶 습니다. 점점 이해관계를 따지게 되니 말이지요.

셰익스피어의 등장인물 중에 우정에 대해서 말해 주는 인 물은 누구일까 생각해 봤습니다. 『베니스의 상인』의 두 친구 기 억하시지요. 자신의 가슴살까지 담보로 제공하며 거금의 사채 를 얻어 친구의 구혼 자금으로 빌려주는 안토니오의 우정 어떻게 생각하세요? 거금을 빌려준 행위는 그렇더라도, 법정에서 칼이 자신의 가슴에 다가온 상황에서 하는 안토니오의 발언은 우정의 측면에서 볼 때 감동적입니다. 최후의 진술에서 그는 바사니오에게 이렇게 말합니다.

"친구를 잃게 되었다고 해서 후회하지 말게.
그 친구도 빚을 너 대신 갚는 걸 후회하지 않으니까.
저 유대인이 칼로 내 심장을 깊이 찌르면
셈이 즉시 끝나는 거야."

일반적인 친구의 개념이 아니더라도 우정은 존재합니다. 『리어 왕』에서 리어와 충신 켄트의 관계, 『안토니우스와 클레오파트라』에서 안토니우스와 부관 이노바부스의 관계는 주인과 신하의 관계이지만 그들은 의리로 뭉친 우정을 생각하게 합니다. 이노바부스는 안토니우스가 올바른 판단을 하지 못하고 우왕좌왕할 때 이에 실망하고 적진에 투항합니다. 그 소식을 들은 안토니우스는 이노바부스가 가지고 있던 소지품과 금품을 전부 보내주라고 명령합니다. 따뜻한 인사말과 함께 말이지요. 이를 전해 받은 이노바부스는 자신의 배신행위를 자책하며 자결합니다. 안토니우스는 자신의 부관에게 충성 이상의 강력한 우정을 느낀 듯합니다. 이노바부스의 행위는 중대한 배신이었지만 안토니우스는 부하의 실수를 탓하지 않고 자신의 탓이라

고 생각했던 거지요. 우정의 전제는 무엇일까요? 제 개인적인
해석으로는 사랑과 존경입니다. 그런 의미에서 진정한 우정은
사랑보다, 그리고 존경보다 더 소중하다고 할 수 있지요. 사랑
하기 때문에 흠결이 있어도 덮어 줄 수 있고, 존경하기 때문에
의리를 지킬 수 있습니다.

셰익스피어는 우정의 긍정적인 면보다는 경계해야 할 부
분에 대해 많은 애기를 하면서 진실한 우정의 의미에 대해서 생
각하게 합니다. 어쩌면 이면을 보는 것이 진실에 접근하는 데는
더 좋은 방법일 수 있습니다.

"우정은 사업이나 권력, 사랑과 관련되지 않고는 변함없다."

『헛소동』에 나오는 대사인데 이게 무슨 뜻일까요? 뒤집
어 생각해 보면 사업이나 권력, 사랑과 관련해서는 깨질 수 있
는 것이 우정이라는 말이 됩니다. 일본의 작가 미시마 유키오는
"배신은 우정의 양념"이라고 에세이에 썼더군요. 그러면서 인
용한 것이 프랑스 작가 라로슈푸코의 말입니다.

세상 사람들이 우정이라고 부르는 것은 단순한 사교, 이득의 흥
정, 혹은 친절의 교환에 지나지 않는다. 즉 우정이란 일종의 거
래다.

우정의 이면이라는 것이 있다는 걸 부정하기가 어렵네요. 사람들은 나이를 먹어 가면서 오랜 친구보다는 일 때문에 만나는 사람들과 친구처럼 지내게 됩니다. 사회에서 만나는 사람들은 대개 친구의 모습으로 다가오는 경우가 많아서 처음에는 우정을 획득한 것으로 생각되지요. 하지만 내가 친구라고 생각하는 사람들이 전부 나를 친구라고 생각할까요? 친하게 지내는 사람을 전부 친구라고 할 수 있나요? 일이 연관되는 경우 대개는 의리보다 이해관계가 앞서기 때문에 결국 우리가 생각하는 우정은 뒷전으로 밀려나기 쉽습니다. 조직 사회에서는 서열이 존재하기 때문에 일종의 권력과 관련된 문제들로 인해 우정이나 의리는 반 푼어치도 되지 않는 경우가 발생하기도 하죠. 권력이 개입되는 경우 괜히 의리를 주장하다가 해코지를 당하지 않으면 다행입니다.

오랜 친구 사이지만 한 여자를 동시에 사랑하게 되는 경우는 어떨까요? 셰익스피어의 작품 『두 귀족 신사』는 한 여자를 동시에 사랑하는 두 남자의 이야기입니다. 이들은 어느 날 감옥에 갇히게 되는데 감옥에서도 둘이 같이 있는 한 감옥 생활도 즐겁다고 말할 만큼 돈독한 우정을 자랑합니다. 그런데 감옥 창살 밖으로 어떤 여자를 보는 순간 이 두 남자는 동시에 그 여자와 사랑에 빠지게 되고 먼저 본 사람이 임자라는 등 입씨름을 하다가 급기야는 결투까지 벌이게 됩니다. 하지만 이 작품의 결말에는 극적으로 우정이 봉합되는 모습을 보여 줍니다. 한 친구

우정의 의미

가 죽으면서 너를 배신한 적은 없다고 말하며 사과하는 장면을 통해서 말이지요. 셰익스피어는 사소한 이해관계나 사랑 때문에 우정이 내쳐질 수도 있지만 우정은 사랑 못지않게 소중하다는 걸 얘기하고 싶었나 봅니다.

이와 달리, 우정은 믿을 수 없다고 생각한 철학자가 있습니다. 다음은 염세주의자로 잘 알려진 쇼펜하우어의 말입니다.

이 세상에서는 외로움이나 천박함, 둘 중의 하나를 선택할 수밖에 없다.

친구란 그다지 믿을 수 있는 존재가 아니니 사람은 외롭게 사는 방법도 배워야 한다는 뜻이지요. 사람을 많이 만날수록 나쁜 일도 많이 생긴다는 것이 그의 생각입니다. 하지만 현대사회에서 사람을 만나지 않고 살아갈 수는 없는 노릇이지요. 물론 일로 만나는 사람들에게서 우정이나 의리와 같은 큰 기대는 안 하는 것이 좋을 것 같기는 합니다. 인간관계를 두려워할 필요는 없지만 진정한 관계에 대해서 생각해 봐야 하는 것은 사실입니다. 셰익스피어는 다양한 인물과 관계를 통해서 인간 본성을 보여 주는데 그의 작품 하나하나는 인간학 참고서입니다. 모든 인간은 나쁜 면과 좋은 면을 동시에 가지고 있습니다. 말하자면 선과 악의 측면을 동시에 가지고 있는 것이지요.

『아테네의 티몬』은 우정을 주제로 하고 있습니다. 주인공

티몬은 부자인데 사람들에게 재물이나 호의를 베푸는 것이 우정이라고 생각하는 사람입니다. 그의 재물을 받은 사람들은 당연히 찬사를 늘어놓고 늘 행복한 얼굴로 대하니 티몬은 그들을 친구로 생각합니다. 사실 그의 주변에 유일한 친구는 아페만투스인데 그는 쓴소리를 많이 해서 티몬은 그를 친구로 생각하지도 않습니다. 아페만투스는 티몬에게 접근하는 자들이 모두 재물을 탐하는 가짜 친구라는 걸 알고 있습니다. 그러다가는 곧 재산이 거덜 날 거라고 아페만투스가 경고하지만 티몬은 쓴소리가 듣기 싫기만 합니다. 아페만투스는 우정에 대한 회의주의자로서 다음과 같은 기도를 합니다.

"나의 자유를 간수에게 맡기는 자,
또 내가 필요로 할 때 친구가 있을 거라고 믿지 말게 하소서."

아페만투스의 극 중 대사를 보면 쇼펜하우어의 말과 느낌이 비슷합니다. 쇼펜하우어가 셰익스피어의 애독자였다고 하는데 이 작품을 읽고 아페만투스의 영향을 받은 것이 아닌가 하는 생각이 들 정도입니다. 사람을 불편하게 할 정도로 진실을 예리하게 찌르는 직설적 화법이 서로를 꼭 빼닮았습니다.

우정은 순수한 감정입니다. 우정을 호의로 살 수 있는 것이라면, 호의가 사라지면 없어질 것입니다. 또한 우정은 의외로 깨지기 쉬운 것이기도 합니다. 세파에 물들어 살다 보면 순수한

마음이 사라지기 때문일까요. 셰익스피어가 말한 우정의 취약
성을 이해한다면 진정한 우정의 의미도 이해하게 됩니다. 친하
게 지내는 사람이 아니라 진정한 친구가 몇 있다면 행복한 사람
입니다. 좋은 친구처럼 살아가면서 든든한 것은 없지요. 젊음이
가장 부러운 점은, 좋은 친구를 사귈 기회가 많다는 것입니다.
친구들로 인해 나의 세계가 확장되고 나는 성장합니다.

속물 인간

" 스놉의 유래 "

겉으로 보이는 지위나 재력을 추종하는 건 어쩌면 인간의 자연스러운 경향일 겁니다. 외양으로 나타나는 그러한 가치를 우선으로 추구하는 사람을 우리는 보통 '속물'이라고 부르죠. 대부분의 사람은 어느 정도 속물적 성향을 가지고 있다고 할 수 있습니다. 오늘날 속물적 성향이 전혀 없는 사람이라면 성인 반열에 올라가야 하지 않을까요.

셰익스피어는 귀족 위주의 사회에 살았음에도 불구하고 신분이나 지위에 상관없이 헛된 명예심이나 속물근성을 가진 사람에 대해서는 신랄하게 비판합니다. 속물을 뜻하는 영어 단어 스놉snob은 그 시대에는 없었습니다만 속물근성은 셰익스피어의 단골 소재입니다. 스놉이란 단어는 '씨네 노빌리타테'Sine Nobilitate라는 라틴어의 앞 글자를 따서 만들어진 말로, 귀족 작위가 없다는 뜻이지요. 옥스퍼드나 케임브리지 대학의 입학 사정 서류에는 평민 지원자의 이름에 작위 없음을 표시하는 관례가 있었다는데, 그런 껍데기 명예에 집착하는 관례를 비꼬아 만든 단어가 속물이라는 뜻의 '스놉'입니다. 지위나 돈이 있는 사람이 과시하는 것은 품위가 없는 일이고, 없는 사람이 있는 척하는 것은 분수에 맞지 않는 행동이며 이들은 셰익스피어에게 가장 큰 비웃음과 조롱의 대상입니다.

속물이라는 개념은 사회가 점점 평등화되면서 확대되었다고 판단됩니다. 속물 인간은 귀족사회에도 있기는 했지만 누구나 부자가 될 수 있고 신분 상승이 가능한 시대가 되면서 양산되기 시작합니다. 지위 고하를 막론하고 개인의 이익이 최우선적인 행동 지침이 되는 오늘날에야말로 셰익스피어가 속물을 어떤 시각으로 보았는지 살펴볼 필요가 있습니다.

요즘으로 말하면 직원들에게 함부로 하는 재벌이나 안하무인의 정치인, '너 내가 누군지 알아?' 식의 좀 있는 사람들, 별거 없으면서도 권력을 흉내 내고 과시하는 보통 사람들 모두 속물이라고 할 수 있습니다. 지식을 과시하는 사람도 빼놓을 수 없죠. 상당히 유명한 학자이며 좋은 저서도 많이 내지만 속물소리를 들어 마땅한 분들도 꽤 있습니다. 부자가 아니더라도 몇 달 치 월급으로 명품을 사는 마음, 집은 좋은 집에 못 살아도 좋은 차를 타고 싶은 마음은 이해할 수 있습니다. 보통 사람의 허영은 자기만족이라도 되고 남에게 그렇게 큰 피해를 주지는 않습니다. 그런데 상위 계층의 속물근성은 문제가 됩니다. 위로

올라갈수록 폐단은 커지기 때문이죠. 꼴 보기 싫고 잘난 척하는 인간들로 인해 마음이 상했을 때, 셰익스피어가 신랄하게 인간의 속물 본성을 조롱하는 장면을 보면 카타르시스를 느끼게 됩니다.

셰익스피어의 인물 중에 대표적인 속물은 어떤 사람들이 있을까요? 속물 인간은 사실 많이 등장하는데 저는 『베니스의 상인』에서 사건의 동기를 제공하는 인물 바사니오가 먼저 생각 납니다. 여러분이라면 친구의 목숨을 담보로 구혼 자금으로 수억 원의 사채를 얻어 달라고 하겠습니까? 바사니오는 귀족 출신인 것으로 보이지만 그는 사실 무일푼의 건달입니다. 그가 돈이 많고 신분이 높은 여인 포샤와 결혼하려는 것은 사랑이라기보다는 신분상승을 노린 것이죠. 어쨌든 그는 구혼에 성공해서 포샤의 남편이 됩니다. 그러고는 샤일록과의 재판을 참관하게 되는데 이런 장면이 나옵니다. 가짜 판사가 된 포샤가 재판 중 샤일록에게 '대지에 내리는 단비와 같이' 자비를 베풀어 달라고 호소하는데, 방청석에 있던 바사니오가 원금의 두 배, 세 배, 아니 열 배까지도 변상하겠다고 말합니다. 방청객이 그런 발언을 하는 것도 이상하지만 자기 돈도 아닌데 어떻게 열 배까지 변상하겠다고 하는 건지 모르겠습니다. 결혼했다고 해서 포샤의 돈을 자기 마음대로 그렇게 쓰겠다고 공적인 자리에서 선언할 수 있나요?

능력도 안 되면서 명예나 출세를 과도하게 추구하는 사람들이 있습니다. 『끝이 좋으면 다 좋아』는 사랑을 소재로 한 희극이지만 명예의 개념에 대한 문제의식을 담고 있습니다. 지위가 높다고 해서 자동적으로 명예가 주어지는 것은 아닙니다. 헬레나는 백작의 아들인 버트람을 사랑합니다. 헬레나의 돌아가신 아버지는 백작 가문의 주치의였습니다. 백작 부인은 헬레나를 며느리로 생각하고 자기 아들과 잘 되기를 바라지만 버트람은 작위가 없는 헬레나와 결혼할 생각이 없습니다. 버트람은 출세를 목표로 프랑스 왕궁으로 떠나 프랑스 왕의 신하가 됩니다. 헬레나는 버트람을 찾으러 프랑스에 갔다가 병에 걸린 국왕을 아버지의 비방으로 치료해 줍니다. 소원을 말하라는 국왕에게 헬레나는 신하 중 하나인 버트람과의 결혼을 얘기하고, 이에 국왕은 버트람에게 결혼을 명합니다. 버트람은 헬레나의 신분을 핑계로 처음에는 거절하다가 작위를 주겠다며 압박하는 국왕의 명령에 마지못해 응하게 되는 이야기입니다. 결혼을 하기로 한 후에도 버트람은 왕명에 따라 결혼은 하지만 헬레나와 잠자리는 하지 않겠다고 말합니다.

버트람은 귀족이 아닌 여자는 싫다, 사랑하지 않는 여자와는 결혼하지 않겠다고 하면서도 다른 평민 여자를 농락하기도 합니다. 진실성이라고는 없는 귀족 속물인 버트람이 뭐가 좋다고 품위 있는 헬레나가 매달리는지 모를 일입니다. 로미오의 다음 대사를 헬레나에게 말해 주고 싶네요.

"사랑의 가치를 모르는 자에게 당신의 사랑을 낭비하지 마세요."

대체로 버트람이 하는 말은 알맹이도 없고 품위가 없어 보이는데, 헬레나의 대사는 재치와 교양이 있습니다. 이런 대조 또한 셰익스피어의 인물 설정 기법이겠지요. 작품의 제목 '끝이 좋으면 다 좋아'도 헬레나의 다음 대사에서 따온 것입니다.

"끝이 좋으면 다 좋아. 좋은 결말은 왕관과 같은 것.
험한 여정 끝에 영광이 있으리.
All's well that ends well, still the fine's the crown.
What'er the course, the end is the renown."

왕관의 비유는 오비디우스가 쓴 말이라고 합니다. 라틴어 Finis Coronat Opus로 현대 영어로는 The end crowns the work라고 번역하더군요. 오비디우스의 표현을 헬레나의 대사로 주었다면 셰익스피어는 헬레나의 배역을 꽤 비중 있게 다룬 셈입니다.

셰익스피어는 귀족 신사의 위선과 명예의 의미에 대해서 문제를 제기합니다. 프랑스 국왕의 입을 빌려 명예에 대해서 이렇게 말하죠.

"아무리 미천한 지위라도 덕을 가지고 있으면

그 덕행으로 명예는 높아지게 마련이다.
아무리 높은 지위라도 덕이 없으면
병들어 부어오른 명예에 지나지 않는다."

셰익스피어는 이름뿐인 명예를 비웃습니다. 오늘날에도 속물근성은 경멸할 만한 일이지만, 현실은 그렇지 않습니다. SNS에서 보이는 사람들의 모습은 온통 부유하고 화려하기만 하고, 여기에 무방비로 노출되는 일반인들로서는 자신도 그런 삶을 욕망하는 것을 어찌할 수 없을 테니까요. 머리로는 그런 게 다 행복을 전시하고 말초적인 흥미를 끌기 위해 꾸며진 일종의 가상현실인 줄 알면서도 우리는 매번 우리의 속물근성을 확인하게 됩니다. 그나마 다행인 것은, 이제 과제가 명확히 보인다는 겁니다. 스노비즘의 파도 속에서 우리 스스로를 어떻게 건강하게 지켜 낼지 말입니다.

공부란 무엇인가

" 지금의 나보다 더 나은 내가 되려는 노력 "

중년 이상의 사람들에게 과거로 돌아갈 수 있다면 가장 하고 싶은 일이 무엇인지를 물은 한 설문조사에서 가장 많이 나온 대답은 '공부'였습니다. 저는 마음속에 다른 답을 생각하고 있었기에 이 설문의 결과가 상당히 인상 깊었습니다. 사람들이 생각한 '공부'는 무엇을 말하는 것이었을까요? 좋은 점수를 받는 것? 명문대학을 가는 것? 하지만 좋은 대학을 가더라도 스스로 공부하지 않는다면 무언가를 배우는 일은 불가능할 겁니다. 인생을 살면서 느끼게 되듯이, 학교 과정에서 배우는 것이 공부의 전부는 아닙니다. 인간이란 평생 배우면서 살아가기 마련이기 때문입니다. 뭔가 골치 아프고 억지로 해야만 하는 일이 아니라 우리가 삶에서 배워 가는 모든 과정이 공부입니다.

그렇다면, 공부의 목적은 무엇일까요? 국내외 유명 대학의 엠블럼을 보면 웨리타스veritas라는 라틴어 단어가 들어간 경우가 많습니다. '진리'라는 뜻인데 대학이란 학문적 진리를 탐구하는 곳이니, 적절한 단어 선택으로 보입니다. 하지만 학문적 진리만이 공부의 대상은 아니죠. 실제 직업과 관련해서 전문 분야에 대한 지식과 경험을 쌓는 일도 공부입니다. 어떤 직업을 예로 들더라도 어느 정도 수준 높은 전문가가 되기 위해서 상당한 공부가 필요하겠지요.

사람마다 공부의 의미는 가지각색일 텐데, 안정적이고 수입이 많은 전문직이 되기 위한 공부이든, 학문적 성취를 위한 공부이든, 자신의 관심 분야에 대해 더 많이 알고 싶은 지적 호기심에서든, 공통점은 더 나은 사람이 되고 싶다는 것일 겁니다. 더 나은 사람이 되고 싶다는 것은 순수하고 고귀한 개인적인 욕망입니다. 공부는 좋은 스승이 있다면 큰 도움을 받을 수 있겠지만 혼자서도 가능합니다. 프랑스 혁명과 현대 민주주의의 사상적 기초를 제공한 장-자크 루소는 학교 교육을 거의 받지 못한 사람입니다. 루소는 정보가 풍부하지 않았던 시대에 독서와 사색만으로 『사회계약론』이나 『에밀』 같은 위대한 저작을 썼습니다. 가장 기본적인 공부의 수단은 바로 책이라는 것이죠. 소크라테스도 이렇게 말했다지요.

책을 읽는 데 시간을 할애하라. 남들이 고생한 결과를 쉽게 얻어 자신을 바꿀 수 있다.

남는 시간이 아니라 일부러 시간을 내서 읽으라는 게 소크라테스의 말에서 중요한 점입니다. 다른 사람의 도움이나 큰 투자 없이 스스로 자신을 바꿀 수 있는 수단이 독서 외에 또 뭐가 있을까요. 인간이 수천 년에 걸쳐 생각하고 경험한 모든 것이 책 속에 있고, 책 속에 인간과 세상이 모두 들어 있으니 말이죠. 사르트르도 일찍이 "내가 세상을 알게 된 것은 책을 통해서였다"라는 말을 남겼습니다.

또 다른 한 사람을 더 살펴볼까요? 레온 블랙이라는 사람이 있습니다. 아폴로 글로벌 매니지먼드라는 미국 굴지의 자산관리회사의 공동 창업자입니다. 뭉크의 그림 「절규」의 경매 최고가 기록을 깼던 사람으로 유명하지요. 이 사람은 아이비리그 대학과 하버드 비즈니스 스쿨을 나왔는데, 자신의 성공 비결을 묻는 기자에게 답하기를 하버드에서 배운 건 별로 도움이 되지 않았으며 사업의 통찰력은 대부분 셰익스피어로부터 배웠다고 했다지요. 셰익스피어에 대해 많은 유명 인사들이 다양한 평을 했지만, 저에게는 레온 블랙의 말이 가장 마음에 와닿았습니다. 명문 대학이나 대학원에서 배운 것보다 스스로 셰익스피어의 작품을 통해서 깨달은 통찰이 더 값진 공부였다는 것이지요. 그것은 바로 인간과 관계에 관한 공부였습니다.

크리스토퍼 말로나 존 라일리 같은 셰익스피어와 동시대 유명 작가들은 케임브리지나 옥스퍼드 대학 출신이었고, 똑똑한 작가들은 사회적 영향력을 행사하며 비판적인 논쟁에 참여하고 있었습니다. 이에 반해 셰익스피어는 대학을 다니지 않았죠. 로버트 그린이라는 당대의 극작가는 셰익스피어를 '벼락출세한 까마귀'라고 칭하며 셰익스피어의 성공을 못마땅하게 생각했고 대학도 안 나온 주제에 셰익스피어가 연극계를 망치고 있다는 험담도 많았다고 합니다. 『사랑의 헛수고』에 나오는 다음 대사는 당시 대학을 나와서 잘난 척하는 사람들을 생각하고 쓴 것 아닐까요?

"학문은 우리 인간을 섬기는 하인일 뿐이야."

셰익스피어가 학문을 폄하할 의도가 있어서가 아니라 학문을 조금 배웠다고 과시하는 명문 대학 졸업자들의 속물근성을 살짝 조롱한 느낌입니다. 주변에서 뭐라고 하든 셰익스피어는 한 발치 떨어져서 귀족과 평민의 경계에 서서 양쪽을 면밀하게 관찰하고 스스로 공부하며 인간 세상에 대한 통찰력을 키우고 있었을 겁니다. 그에게는 대학을 나오지 않은 것이 편견 없이 양면의 세상을 바라보는 데 오히려 도움이 되었으리라 생각이 드네요. 셰익스피어의 작품에는 어느 한쪽의 일방적인 견해를 지지하는 경우가 없는 것이 특이합니다. 셰익스피어의 작품을 읽어 보면 그가 명문 대학을 다닌 사람들 못지않게 공부를 많이 한 사람이라는 걸 알 수 있습니다. 다방면의 지식이 풍부할 뿐 아니라 인간 사회를 꿰뚫어 보는 안목이 남다르기 때문입니다. 셰익스피어는 학문을 인간 위에 두는 것을 경계하면서도 공부의 중요성에 대해서는 이런 말을 합니다. 『헨리 6세, 2부』에 나오는 대사입니다.

"무식은 신의 저주이며 지식은 하늘에 이르는 날개이다."

공부란 지금의 나보다 더 나은 내가 되려는 노력입니다. 더 나은 사람이 되기 위해서는 지금의 내가 어떤 사람인지를 알아야 합니다. 따라서 공부의 시작은 사기 사신을 아는 것입니다. "너 자신을 알라"라는 고대 그리스의 격언은 현대인에게도 철학적일 뿐 아니라 실질적인 교훈입니다. 나 자신이 누구이며 어떻게 살기를 원하는지 알면 그다음은 실행하면 됩니다. 물론 목표를 실행하려면 상당한 공부가 필요합니다. 준비 없이 저절로 능력이 생기고 원하는 대로 일이 이루어지는 법은 없습니다.

학문學問이란 배울 학에 물을 문이니 배우면서 묻는다는 뜻입니다. 공부의 의미와 서로 통하지요. 배우면 배울수록 궁금한 것이 늘어나고 자꾸 질문을 하게 됩니다. 그 질문들에 대한 자기만의 해답을 찾아가는 과정이 공부입니다. 책에는 두 가지가 있는데, 해답을 말해 주는 책과 질문해 주는 책입니다. 해답을 말해 주는 책은 좋은 책입니다. 질문해 주는 책은 더 좋은 책입니다. 셰익스피어의 작품들은 어떤 책에 속할까요? 현대인들은 빠른 해답을 원하기 때문에 셰익스피어의 작품같이 얼핏 보면

공부란 무엇인가

해답도 아니고 위안도 아닌 책은 멀리하는 게 당연한지도 모르겠습니다. 고전이라고 불리는 책들이 대개 그러하지요. 셰익스피어는 작품 속에서 여러 등장인물의 입을 통해 다양한 질문을 던져 줍니다. 그 질문에 우리가 스스로 납득할 수 있는 해답을 찾을 수 있다면 세상을 바라보는 눈이 조금은 더 밝아질 거라고 믿습니다.

세상을 더 잘 보게 도와주고 우리를 더 나은 사람이 되게 해주는 것이 공부이건만, 쉽게 재미를 느끼기 어렵다는 점에서 마라톤과 비슷합니다. 공부의 기본이 되는 독서는 습관이 되기 전까지가 어렵습니다. 사실 습관적으로 책을 읽어 독서력이 조금 쌓이게 되면 궁금한 것이 점점 많아져서 책을 안 읽기가 읽는 일보다 어려워집니다. 재미있는 일을 안 하기가 어렵지 않습니까. 학이시습지 불역열호學而時習之 不亦說乎는 공자의 말씀입니다. 배우고 때때로 익힌다는 것은 바로 공부를 뜻합니다. 공부는 습관이 되어야 한다는 뜻이 숨겨져 있네요. 공부는 즐겁지 아니한가의 싱거운 뜻이니 학창 시절에 처음 보았을 때는 옛 성현의 좋은 말씀이구나 정도의 별 감흥이 없는 말이었는데, 나이를 먹을수록 감동적인 말로 다가옵니다. 독서는 지적 호기심을 만족시킬 뿐 아니라 대화의 폭을 넓혀 주고 발전적인 인간관계를 만드는 데 도움을 줍니다. 책을 읽는 사람과 안 읽는 사람은 쉽게 구분할 수 있는데요, 내가 책을 읽으면 책 읽는 사람을 알아볼 수 있습니다. 물론 독서를 많이 하는 사람이 반드시 좋은 사람이라는 뜻은 아닙니다.

셰익스피어에게 공부란 무엇인가 물어본다면 어떤 얘기를 들을 수 있을까요? 무엇보다도 중요한 것은 인간관계에서 다양성을 이해하고 공감 능력을 키우는 것이라는 말을 해주지 않을까 싶습니다. 겸허한 자세로 나 자신을 파악하고 상대방을 존중하는 방법을 익히라고 하면서 말입니다.

알면 더 재미있는 셰익스피어 이야기

" 영화. 드라마로 800편 이상 만들어진 셰익스피어 "

셰익스피어의 극작가로서의 경력은 배우로 시작되었다는 설이 있습니다. 런던 극장의 1592년 기록에 셰익스피어가 배우로 등장한 기록이 있다고 합니다. 배우 초창기에 그는 비평가의 혹평을 받았다고 하네요. 그에게는 배우가 글쓰는 일보다 어려웠던 모양입니다. 셰익스피어는 그 이후에도 본인의 작품에 배우로 꾸준히 출연한 것으로 알려져 있습니다. 「햄릿」의 유령이나 「맥베스」의 던컨 왕, 「좋으실 대로」의 애덤 같은 대사가 적은 역할을 맡았던 증거가 있습니다. 작은 역의 배우를 매번 구하느니 직접 해결할 겸 작가로서 연기에 대한 느낌을 이해하기 위한 실질적 목적이 있었으리라 추측됩니다.

　　셰익스피어의 생일과 사망일은 같은 날입니다. 셰익스피어는 1616년 4월 23일에 사망했습니다. 그의 생일은 1564년 4월 26일에 세례를 받았다는 기록에 근거해 4월 23일로 추정됩니다. 당시 아이가 탄생하면 3일 후에 세례를 했다고 합니다. 셰익스피어가 죽은 날은 『돈키호테』의 저자 세르반테스가 사망한 날이기도 한데요, 여기에서 유래해 4월 23일은 유네스코가 '세계 책과 저작권의 날'로 정한 날이기도 합니다.

또한 셰익스피어의 묘비명은 특이한 것으로 유명합니다. 그는 52세에 죽었는데 사인은 알려지지 않았습니다. 스트랫퍼드-어폰-에이번의 홀리 트리니티 교회에 있는 그의 묘비명의 내용은 다음과 같습니다.

"친구들이여, 제발 부탁인데
여기 묻은 흙을 파내지 마시오:
여기 돌을 보존하는 자는 축복을 받을 것이고,
내 뼈를 옮기는 자에게는 저주가 내릴지어다."

셰익스피어의 유언에 의하면 그의 아내에게 유산으로 남긴 유일한 물건이 자신의 재산 중 두 번째로 좋은 침대였다고 하니 이것도 특이합니다. 후대 사람들은 이 유언의 내용으로 셰익스피어의 부부관계가 별로였을 거라는 추측을 하기도 합니다. 셰익스피어는 딸 수재너에게 대부분의 유산을 남겼는데 딸이 아내를 잘 봉양할 것을 알고 부인에게는 따로 재산을 줄 필요가 없었다는 의견도 있습니다. 인간은 무의 상태로 돌아가게 마련이니 나이 든 사람에게 재산이 뭐가 필요한가, 어차피 돈을

알면 더 재미있는 셰익스피어 이야기

딸에게 주면 되지라는 생각이라면 그것도 일리가 있습니다. 그럼 왜 가장 좋은 침대가 아니고 두 번째로 좋은 침대냐는 의문은 어떻게 설명될까요? 가장 좋은 침대는 귀한 손님을 위한 예비용이었다고 하는 해석이 가장 그럴듯합니다.

셰익스피어의 작품 연대기는 확실하지 않습니다. 첫 작품과 마지막 작품이 어떤 것인지에 대해서도 논란이 있습니다. 첫 작품은 『베로나의 두 신사』와 『헨리 6세 2편』이 거론됩니다. 『헨리 6세 2편』이 1591년에 쓰인 첫 작품으로 알려져 있었는데 『베로나의 두 신사』는 그 전 작품이라는 주장도 있습니다. 몇 가지 작품 기법상의 근거도 있지만, 무엇보다도 작품의 완성도가 극작가로서의 경험 부족을 드러낸다는 것이지요. 마술봉을 던지고 주인공 프로스페로가 은퇴를 선언하는 『템페스트』가 셰익스피어의 절필을 상징하는 마지막 작품으로 꼽혔는데 이후에는 『두 귀족 신사』가 마지막 작품일 가능성이 더 높은 것으로 굳어진 듯합니다.

셰익스피어의 작품 중 현대에 가장 많이 상연되는 연극은 무엇일까요? 많은 분들이 「햄릿」일 거라고 추측했을 듯한데요, 그게 아니라 「한여름 밤의 꿈」이라고 합니다. 「햄릿」은 아무래도 상연 시간이 너무 길고 배우들로서도 난도가 높은 작품이기 때문이 아닐까요. 「한여름 밤의 꿈」은 동화적이면서 아름다운 사랑 얘기이고 셰익스피어의 작품 중 소재 면에서 가장 창의적인 작품이기도 합니다. 환상의 세계로 관객을 이끄는 힘이 강한 작품이라 충분히 이해가 가는 현상입니다.

BBC에 의하면 셰익스피어의 작품은 800편 이상의 영화나 드라마로 만들어졌다고 합니다. 그중에도 『햄릿』은 50편 이상의 영화로 발표되었습니다. 그의 작품은 100개 이상의 언어로 번역되었고 특이하게도 영화 「스타트렉」에서 사용되는 외계어 클링온으로도 『햄릿』과 『헛소동』이 번역되었다고 합니다. 파라마운트 영화사에서 언어학자에 의뢰해서 실제 사용할 수 있는 인공언어를 만들었다고 하지요. 셰익스피어의 말대로 세상은 정말 다양한 사람들로 이루어져 있다는 걸 실감합니다.

셰익스피어의 작품 중 가장 긴 것은 『햄릿』이고 가장 짧은 것은 『실수 연발』입니다. 셰익스피어의 작품은 70%의 운문과 30% 정도의 산문으로 되어 있는데 전체가 운문으로 되어 있는 작품이 있습니다. 『리처드 2세』와 『존 왕』입니다. 사극의 대사가 전부 시로 되어 있다는 것이 특이하지요.

셰익스피어의 작품 중 가장 재미있는 작품은 무엇일까요? 관점에 따라 다르겠지만 슬랩스틱 코미디의 원조 『실수 연발』을 꼽을 수 있겠네요. 반대로 가장 재미없는 작품으로는 음울한 유혈 복수극 『티투스 안드로니쿠스』가 유력한 후보입니다. 재미가 없다고 해서 읽을 가치가 없는 것은 아니지만요.

책의 맨 앞부분에 실린 찬도스 초상화는 찬도스 공작이 소유했던 그림이라 그렇게 불렸다고 합니다. 요즘 개성 있는 젊은 남자들이 한쪽 귀에 귀걸이를 하고 있는 모습을 보면 셰익스피어가 떠오르기도 합니다. 셰익스피어의 초상화로 알려진 그림은 여러 가지가 있지만, 영국의 국립 초상화 미술관에서는 이 그림이 실제 셰익스피어와 가장 가까울 것으로 결론 내렸다고 합니다.

직장인의 딜레마

" 셰익스피어가 세상 모든 보스들에게 하는 말 "

어느 조직에 능력과 경력이 비슷한 간신 형 인물과 충신 형 인물이 있다면 누가 출세할 확률이 높을까요? 당연히 충신 형의 인간이어야 할 것 같지만 현실 세계에서는 유감스럽게도 간신 형 인간이 빨리 전진하는 경우가 많습니다. 일반적으로 충신은 신중하고 섣불리 자기 의견을 강하게 얘기하지 않는 반면, 간신은 실제보다 강하게 자기 의견을 제시하는 경우가 많지요. 특히 간신은 자신을 돋보이게 하는 기회 포착에 능합니다. 그것이 전체에 이익이 되는지는 나중 일입니다. 자신에게 유리한 기회는 놓치지 않습니다. 무엇보다도 간신은 아부에 능해서 주인이 원하는 게 무엇인지를 파악하고 입맛에 맞게 행동합니다.

강한 자와 친하게 지내고 싶은 경향은 인간의 생존본능인지도 모릅니다. 약한 사람은 패배자 취급을 받으니까요. 어쩌면 우리는 모두 간신이 되기를 강요당하면서 사는 건 아닌지 생각

해 보게 됩니다. 그래서일까요, 『헨리 5세』에 나오는 다음 대사
는 모든 보스들에게 하는 말로 들립니다.

"그대가 마시는 건 달콤한 존경심이 아니고 독이 든 아첨이다."

문제는 사람의 속을 알기가 어렵다는 것이지요. 진실을 보
는 것이 어렵기 때문에 인간은 대개 쉬운 길을 택해서 겉모습만
보고 판단하는 오류를 범합니다. 『헨리 6세, 2부』에서 서포크
공작이 말하는 그대로입니다.

"냇물이 깊으면 물은 잔잔히 흐릅니다."

군주가 어리석으면 신하가 어두워지고 주인이 아첨을 좋
아하면 부하는 간신이 되기 마련입니다. 하지만 일반적으로 충
신의 길은 더욱 험난합니다. 옳은 소리는 윗사람의 귀에 거슬리
기 때문입니다. 리어 왕의 신하 켄트가 왕의 잘못을 지적하며
하는 말을 들어 볼까요?

"폐하께서 어리석음으로 전락할 때는 정직한 진언을 하는 것이
신하의 진정한 영예일 것입니다. 결정을 번복해 주십시오."

리어 왕은 그에게 살고 싶으면 입을 닥치라며 결국 충신을

추방합니다. 독자 입장에서도 이런 결정을 하는 리어 왕이 답답할 정도입니다.

현실 세계의 소소한 경쟁 속에서 살아가는 우리는 어떨까요? 사회에는 두 가지 종류의 사람이 있습니다. 일이 우선인 사람과 내 개인 생활이 조금 더 먼저인 사람입니다. 요즘 소위 워라밸work life balance이라고 하는 것이 직장인의 딜레마죠. 대부분이 주변의 간신 성향 사람들 때문에 마음을 다치기도 하고, 승진과 연봉을 고민하며 살아갑니다. 조직에서는 열심히 일 잘하는 사람에게 더 좋은 대우를 해주는 건 당연합니다. 경쟁 사회에서 남들보다 먼저 승진을 거듭하며 출세하기 위해서는 내가 원하는 것들을 많이 포기해야 하는 것이 문제입니다. 셰익스피어라면 이 딜레마에 대해서 어떤 말을 해줄 수 있을까요? 『헨리 6세, 3부』에 이런 대사가 있습니다.

"내가 만족하면 그것이 나의 왕관,

왕관이란 실제 왕은 거의 즐길 수 없는 것."

직장인의 딜레마도 결국 나 자신이 만족할 만한 균형점을 찾아야겠지요. 셰익스피어는 매우 현실적인 통찰력을 가진 작가였습니다. 인간과 환경을 있는 그대로 보라고 항상 얘기하지요. 우리가 어떤 방식으로 살아갈 것인지는 전적으로 우리 자신에게 달려 있습니다. 셰익스피어는 우선 너 자신의 분수를 알라고 얘기할 거 같아요. 자신의 분수 이상을 추구하려고 하면 무리가 생깁니다. 겉으로 보이는 명예는 인간의 행복과는 상관이 없다는 게 셰익스피어의 관찰입니다. 이름뿐인 명예에 집착해서 무리하게 원하는 걸 쟁취해 봐야 결국에는 여러 사람에게 피해만 줄 뿐 아무것도 남지 않는다는 걸 많은 작품에서 얘기합니다. 인간관계를 신경 써야 하는 직장인이라면 비교적 젊을 것이기에 셰익스피어의 시 「정열의 순례자」에 나오는 다음 구절을 소개합니다.

"일그러진 나이와 젊음은 함께 살 수 없다네
젊음은 즐거움으로 가득하고, 나이 먹으면 걱정으로 가득하니;"

셰익스피어는 인간은 모두 독특한 개성uniqueness을 가지고 있고 신분에 상관없이 존엄성dignity을 가진다고 말합니다. 나 자신을 믿고 떳떳하게 살면 즐겁습니다. 단 너무 늙기 전에 좋은 사람들과 더불어 열심히 살아야겠지요. 너무 늙기 전에는 모두 젊은 겁니다.

우리가 실패하는 진짜 이유

" 고대로부터 전해지는 만고불변의 진리 "

삶의 본질은 성공보다 훨씬 많은 실패를 하는 것입니다. 사자도 열 번 시도하면 한두 번 사냥에 성공한다는데, 인간은 욕심이 많아서 이런 낮은 성공률을 받아들이지 못합니다. 욕심 때문이 아니라 어리석음 탓일지도 모르겠습니다. 지식이 많다고 해서 좋은 학교를 나왔다고 해서 실패를 덜 할까요? 한 번의 성공을 위해서 우리는 많은 실패를 견뎌 냅니다. 가장 큰 성공을 한 직후가 사실은 실패할 확률이 가장 높을 때입니다.

셰익스피어의 인물들을 살펴보면 대개의 비극은 인간의 어리석음 때문에 발생합니다. 셰익스피어의 비극은 주로 지위가 높은 사람을 주인공으로 합니다. 지위가 가장 높은 왕이라 하더라도 성공보다는 실패하는 경우가 많습니다. 이는 셰익스피어의 작품뿐 아니라 실제 세상에서도 마찬가지입니다.

자기가 뛰어나서 성공했다고 생각하는 사람은 오만에 빠

지기 쉽습니다. 오만에 빠지면 남의 말을 안 듣게 되고 자기 자신조차 제대로 보지 못하게 됩니다. 자신을 알지 못하는 것이 인간의 대표적 어리석음입니다. 잘난 것을 과시하는 사람일수록 실제로는 바보일 가능성이 높지 않을까요? 현명한 사람이 자신의 현명함을 자랑할까요? 셰익스피어의 작품 『좋으실 대로』의 광대 터치스톤의 다음 대사는 촌철살인입니다.

"어리석은 자는 자기가 현명하다고 생각하나, 현명한 자는 자신이 어리석다고 생각한다네."

셰익스피어는 인간의 어리석음에 경종을 울리며, 현명해지기 위해서는 우선 자신을 돌아보라고 얘기합니다. 자신을 올바로 보기 위해서 우선 필요한 건 겸손한 마음입니다.

실패의 원인은 거의 자기 자신에게 있다고 봐야 합니다. 요즘 인기 있는 책들을 보면, 너의 잘못이 아니야, 네가 옳아, 괜찮아, 다 잘될 거야, 아픈 게 당연해 등의 위안 메시지를 주는 경우가 많은데요, 과연 그렇게 해서 나의 고통과 어려움이 해결될까요? 문제를 있는 그대로 보고 정면으로 부딪쳐 봐야 해결책을 찾을 수 있지 않을까요? 셰익스피어의 교훈 중 하나는 늘 최악의 실패를 면할 수 있는 길이 있는데, 어리석은 사람들이 자기 편할 대로 생각하고 행동해서 더 큰 실패로 향한다는 것입니다. 우리의 일상생활에서도 나의 문제를 다른 사람들 모두가 보는

데 나 혼자만 보지 못하는 경우가 많습니다. 트로이 전쟁을 소재로 한 『트로일러스와 크레시다』의 다음 대사는 이런 문제를 말합니다.

"내리막길에 들어섰다는 사실은 내가 스스로 깨닫기 전에 다른 사람의 눈이 말해 준다."

실패를 인정하고 성공의 발판으로 삼으며 성공에는 감사하는 것, 이것이 겸양의 마음입니다. 현존하는 가장 오래된 책은 고대 이집트의 고위 관리인 프타호텝이 파피루스에 쓴 것이라고 합니다. 4300년 전에 쓰인 이 책은 일종의 교훈집입니다. 프타호텝은 품격 있는 인간이 가져야 할 미덕에 대해 얘기하고 있는데 그 첫 번째가 겸손입니다. 겸허의 미덕은 4300년 전의 이집트나 고대 중국의 은, 주 시대에 이미 인간이 깨달은 아주 오래된 주제입니다.

한자에서 다른 글자 다 버리고 한 글자만을 고르라면 저는 겸謙을 선택하겠습니다. 말은 쉬운데 이 겸은 왜 실천하기가 어려울까요. 사람은 작은 성공이라도 하면 오만해지기 때문입니다. 오만해지면 내가 틀릴 수도 있다는 인식을 할 수 없습니다. 고대 이집트나 고대 중국에서부터 인간이 깨달았던 이 진리를 셰익스피어도 그의 작품에서 일관되게 말하고 있습니다.

우리가 실패하는 진짜 이유

폴로니어스에서 우리의 모습을 본다

" 비위 잘 맞추는 경쟁력 있는 생활인의 면모 "

『햄릿』에는 우리의 모습과 유사한 인물이 둘 나옵니다. 고뇌하는 존재로서의 햄릿이 첫 번째이겠지만 여기서는 생활인으로서 유사한 모습을 보여 주는 인물을 살펴볼까 합니다. 폴로니어스는 햄릿의 부왕을 살해한 클로디어스 왕의 심복입니다. 나중에 햄릿과 독이 묻은 칼로 결투를 하게 되는 레어티스와 햄릿의 연인인 오필리아의 아버지이기도 합니다. 그에게는 주목할 만한 점이 있으니, 바로 우리들의 모습과 정말 비슷하다는 겁니다. 사회생활을 하다 보면 조직에서 항상 윗사람이 있게 마련이고 누구나 보스의 비위를 맞추며 살아갑니다. 대부분 을의 입장으로 살아가는 사람들은 갑의 입맛에 맞추어 가며 살아갈 수밖에 없습니다. 말하자면 본의 아니게 간신처럼 처신을 해야 하는 것이죠. 클로디어스 왕에게 폴로니어스는 입안에 혀와 같은 신하입니다. 왕이 폴로니어스에게 하는 다음 대사는 간신의 특성을 한마디로 요약해 줍니다.

"그대는 좋은 소식만 전하는구려."

간신은 주군이 원하는 말만 해주는 사람입니다. 우리가 사는 세상에서도 대개 그렇지 않나요? 대부분의 보스는 아부를 좋아합니다. 진정한 아부는 그것이 아부의 티가 나지 않아야 한다는 전제가 있기는 합니다만, 듣기 좋은 소리를 하는데 싫어할 사람은 별로 없겠지요. 주인이 아부를 좋아하고 사실을 직시하지 못하면 부하 역시 어둠에 빠집니다. 조직원이 전체가 아니라 자신의 이익을 우선해서 행동한다면 어떻게 되겠습니까? 밖에서 보면 뻔하게 보이는 일이 안에서는 간신의 교묘한 언변으로 변형되어 보이지 않는 경우가 실제 세상에서도 심심치 않게 일어납니다. 보스는 대체로 똑똑한 사람이 되기는 하지만 가장 똑똑한 사람이라도 가끔은 어리석은 판단을 하는 경우가 있습니다. 문제는 보스는 대체로 자기가 똑똑하다는 것을 알기 때문에, 자신의 오류 가능성을 인정하지 않는다는 데 있습니다. 간신은 자기 보스의 스위트 스폿을 정확히 알고 있습니다.

통상적으로 같은 주인을 모시는 사람들은 동료로 함께 일을 하게 되지만 주인의 사랑을 더 받기 위해 경쟁하는 관계이기도 합니다. 어떤 사람은 개인적 이익을 위해 동료를 공격하고 음해하기도 합니다. 이러한 간신도 본성적으로 나쁘고 악한 사람은 아닙니다. 역사적으로 난세가 아니면 그들은 오히려 경쟁력 있는 생활인에 가깝다고 해야 하겠지요. 폴로니어스가 프랑스로 유학 가는 아들 레어티스에게 하는 말을 볼까요.

"내 이제 몇 가지 당부를 하려고 하니 단단히 명심해라.
속에 마음먹은 것은 함부로 입 밖에 내지 말고
덜된 사상을 섣불리 행동으로 옮기지 마라.
친구와 가까이 지내는 건 좋지만 번잡해서는 좋지 않다.
일단 좋은 친구라는 걸 알게 되면,
네 가슴 앞으로 바싹 잡아당겨 무쇠 띠로 졸라매라.
하지만 털도 안 난 햇병아리 같은 친구들을
만나는 대로 다 반겨 악수하고 할 일은 아니다.
그러다가는 네 손 가죽이 두꺼워져 사람을 분간하지 못할 거다.
남과 싸우지 마라. 하지만 일단 싸우는 이상은
그놈이 다시는 덤벼들지 않도록 단단히 해야 한다.
누구의 말이나 잘 들어 주되, 무조건 동의하지는 말아라.
네 주머니 사정이 허락하는 한도에서 옷은 비싼 것을 선택하되
허세로 보이지 않게 해라. 값지되 화려해서는 안 된다.
의복은 인품을 말해 준다.
돈은 빌리지도 빌려주지도 마라.
빚을 주면 돈도 사람도 모두 잃게 된다.
무엇보다도 너 자신을 속이지 마라. 그러면

밤이 지나면 낮이 되는 것과 마찬가지로,

누구에게나 진실한 인간이 될 수 있다."

당부의 말이 길지만 버릴 얘기가 하나도 없습니다. 어디선
가 많이 들어 본 이야기지요? 우리가 부모님에게 들었던 얘기
같기도 합니다. 폴로니어스는 왕의 비위를 맞추는 데 능한 심복
이라 호감형 인물은 아니지만, 아버지로서 자식을 대하는 걸 보
면 그렇게 극진할 수가 없습니다. 오늘날 직장 생활을 하는 아
버지의 모습 그대로입니다. 직장에서는 상사와 고객의 비위에
맞추며 낮은 위치에서 살아가지만, 집에 들어와서는 가장 높은
위치의 가장 말입니다. 폴로니어스의 대사 중 "간결함이 지혜
의 정수이지요"라고 말하는 장면이 있습니다. 왕의 심복으로서
터득한 이 기술을 자식들에게는 전혀 사용하지 않고 아들과 딸
에게 하는 말은 노파심에서 자꾸 길어집니다. 이런 장면에서 저
는 과거의 제 아버지 모습, 그리고 지금의 제 모습을 봅니다.

언어에 관한 최고의 참고서

" 말의 힘을 믿는다면 "

영어가 세계어가 된 것은 영국과 미국이 최강국의 지위를 차지한 덕분입니다. 최고의 작가 하면 셰익스피어가 떠오르는 것도 영어라는 언어가 큰 이유일 겁니다. 사실 셰익스피어 시대의 영어는 문법적으로나 어휘적으로나 체계가 불완전한 상태였습니다. 셰익스피어의 작품을 원전으로 읽을 때 이해하기 어려운 큰 이유이기도 한데요, 현대 영문법의 기준으로 보면 셰익스피어의 영어는 틀린 곳이 많아 보이는 게 사실입니다. 단어의 뜻도 지금과는 다른 것이 많아서 원전을 읽으려면 주석이 친절한 책을 선택해야 합니다. 이탈리아어의 경우 셰익스피어보다 300년 이상 앞선 단테 시대에 이미 현대와 같은 이탈리아어가 정착되었다고 하니 영어의 발달은 상당히 늦었던 편입니다. 단테가 이탈리아 현대 표준어에 큰 영향을 주었다고 하는데, 현대 영어의 발판이 된 것은 셰익스피어와 함께 킹 제임스 성경입니다. 교회가 아니라 제임스 1세의 명에 의해 시작된 성경 표준화 작업은 영어의 표준화 작업이기도 했습니다. 이는 제임스 1세의 최대 업적이며 셰익스피어가 활동하던 시기였습니다.

셰익스피어가 영어에 미친 영향도 엄청납니다. 옥스퍼드 영어사전에 있는 전체 단어 중 2,200개는 셰익스피어가 처음 사용한 것으로 보고 있습니다. 그중에 1,700개 정도는 셰익스피어가 만들어 낸 단어라고 합니다. 그렇게 많지는 않다고 말할 수도 있지만, 당시 최고 지식인들이 사용하는 단어가 20,000개 정도였던 것을 감안하면 결코 적은 숫자가 아닙니다. 하지만 셰익스피어의 더 중요한 의미는 영문학의 위상을 지금의 위치까지 올린 최대 공헌자라는 사실입니다. 셰익스피어가 창조한 풍요로운 비유와 표현들은 영어의 가치와 품격을 지구 최강의 언어라는 지위에 걸맞게 올려 주었습니다.

셰익스피어가 단어를 만들 때는 완전히 새로운 단어를 만드는 것이 아니라 주로 기존의 단어를 조합하거나 변형하는 방법을 사용했는데요, 여기에는 두 가지 장점이 있습니다. 처음 보고 듣는 단어이지만 누구라도 그 뜻을 유추할 수 있다는 점과 말에 생동감을 더해 주는 것이었습니다. 이렇게 풍부해진 단어의 용법은 다양한 인물들에게 개성을 불어넣었죠. friend나 champion, elbow 같은 명사를 동사로 사용하거나, eventful, fitful, lackluster와 같은 새로운 느낌의 형용사를 쓴 것, go-between, cold-hearted, ill-tempered와 같이 단어의 조합을 이용하거나 unquestionable, unrivaled, dislocate 등의 접두사를 활용한 예를 보면 영어에 생동감을 더하는 데 셰익스피어가 큰 역할을 했음을 알 수 있습니다. manager, gossip, critic, belongings, hurry, bedroom, fashionable, downstairs와 같이 지금도 흔히 사용하는 단어들도 셰익스피어가 만든 단어라고 하는데요, 이걸 알고 나면 멀게만 느껴졌던 셰익스피어가 조금은 가깝게 느껴지지 않나요?

단어 외에 셰익스피어가 만든 숙어도 꽤 많습니다. 처음 만난 사람들 앞에서 어색한 분위기를 깨기 위한 가벼운 말을 할 때 break the ice라는 표현을 쓰지요. 『말괄량이 길들이기』에 나온 대사인데, 얼음을 깬다는 말이 처음의 서먹한 분위기를 푼다는 의미로 쓰이는 건 그럴듯한 표현이네요. "It's Greek to me"는 무슨 뜻일까요? 나에게 그리스어(로 들린다)라는 건 곧 이해하지 못하겠다는 뜻입니다. 『율리우스 카이사르』에서 로마인 카스카가 하는 말인데 그리스어는 그에게 외국어였기 때문이지요. 『오셀로』의 이아고의 대사 중에 "I will wear my heart upon my sleeve"라는 표현이 있습니다. 내 심장을 옷소매에 내놓겠다는 건 진심을 털어놓겠다는 뜻입니다. 이아고가 자신을 닦달하는 오셀로에게 진심을 얘기하겠다는 뜻으로 이렇게 말하는 건데요, 언변의 달인 이아고다운 표현입니다. 셰익스피어의 등장인물은 이렇게 그들이 하는 말로 개성을 보여 줍니다. 우리가 셰익스피어의 모든 인물을 마음속에 그려 볼 수 있는 것은 그들이 사용하는 생동감 있는 언어 덕분입니다.

셰익스피어는 무대에 올릴 것을 염두에 두고 작품을 썼고, 당시 연극은 일반 대중부터 왕족까지 모든 계층이 즐기는 오락이었습니다. 따라서 셰익스피어가 사용한 언어는 당시 보통 사람들이 모두 쉽게 이해할 수 있는 말이었겠지요. 사실 외국인으로서 셰익스피어의 영어가 쉬운지는 모르겠습니다만, 풍부한 표현과 비유만큼은 쉽게 느낄 수 있습니다. 철학적인 내용의 대사도 자주 쓰이는 쉬운 말로 깊이 있게 표현하는 걸 보면 언어를 넓고 깊게 사용한다는 건 이런 것이구나 하고 새삼스럽게 감탄하게 됩니다.

셰익스피어가 창조한 다양한 인간 군상을 보면 모두가 다른 사람이지만 우리는 그들이 어떤 사람인지 쉽게 알 수 있습니다. 셰익스피어가 주장하는 '있는 그대로의 모습'이 대사에 잘 드러나기 때문입니다. 말은 곧 사람이라는 말대로 몇 줄의 대사만 봐도 그 인물의 진면모가 바로 드러나죠. 셰익스피어의 위대함은 여러 가지이지만 문학성이나 사상을 떠나서 먼저 염두에 두어야 할 것은 언어입니다. 각기 다른 개성을 가진 사람들이 말하는 방식과 생각의 전달 과정, 감정의 흐름을 눈여겨보면 '말'의 중요성에 대해서 깨닫게 됩니다.

그런 관점으로 셰익스피어의 등장인물들을 보면, 모두 그들이 하는 말로 개성을 드러낸다는 걸 쉽게 알 수 있습니다. 리어 왕의 권위적인 말투와 햄릿의 고뇌하는 독백, 오셀로의 의심

언어에 관한 최고의 참고서

하는 말, 이아고의 교묘한 언변, 폴로니어스의 아부, 샤일록의 원한 맺힌 항변, 맥베스 부인의 무시무시한 제안, 줄리엣의 시적인 대사, 폴스타프의 자유로운 허풍, 베아트리체의 고무공 튀는 듯한 응답 등 등장인물의 대사를 몇 줄 보면 그 사람이 어떤 사람인지 머릿속에 생생하게 그려집니다. 말수 적은 리어 왕의 셋째 딸 코델리아는 말수가 적기 때문에 어떤 사람인지 판단할 수 있고, 말 많은 베아트리체에게 "내 말[馬]이 당신 혀만큼 빨랐으면 좋겠소"라고 응수하는 베네딕은 이 말 한마디로 어떤 사람일지 판단할 수 있습니다.

제가 셰익스피어를 읽은 후 바뀐 점은 사람을 판단할 때 그 사람의 말을 첫 번째 기준으로 삼게 된 것입니다. 그 사람이 쓰는 말투나 표현 등을 가만히 듣고 있자면 이제 그가 어떤 사람인지 무슨 의도를 가지고 그런 말을 하는지 감이 옵니다. 그런 걸 보면 셰익스피어는 확실히 말에 관한 최고의 참고서 중 하나입니다.

악마 같은 인간

" 마음을 갖고 노는 파멸자,"

진정한 의미에서 악인이란 어떤 사람일까요?『끝이 좋으면 다
좋아』에 "우리의 인생은 선과 악의 실을 엮어서 짠 그물"이라
는 대사가 있듯이 한 사람에게도 선과 악은 공존합니다. 하지만
전적으로 악한 인간은 흔치 않습니다. 셰익스피어의 작품에서
대표적인 악인은『오셀로』의 조연 이아고입니다. 악인이면 이
정도는 되어야 한다고 말해 주는 지독한 인물이지요. 이아고는
베니스의 장군 오셀로의 부관이 되기를 바라고 있었는데 오셀
로는 그가 아니라 카시오를 부관으로 임명합니다. 이아고 생각
에 카시오보다는 자기가 더 적임자입니다. 자기가 선임이고 실
전 경험도 더 많기 때문입니다. 하지만 오셀로의 선택은 카시오
였고 이아고는 말도 안 되는 인사발령이라고 분노합니다. 우리
의 현실 세계에서도 이런 일은 비일비재합니다.

인사란 인사권자의 고유권한이라 부하로서는 불만이 있더

라도 감수하는 수밖에 없습니다. 이아고는 특이한 인간이라 앙심을 품고 복수하기로 하는데 그 수법이 주목할 만합니다. 이방인 장군 오셀로가 백인 귀족 여인 데스데모나와 반대 속에 어렵게 결혼한 상황을 이용합니다. 부부관계를 이간질하기 위해 오셀로의 질투심을 유발합니다. 데스데모나가 부관 카시오와 바람을 피우고 있다고 오셀로가 의심하도록 정보를 조작하고 심리를 뒤흔듭니다. 수컷 본능의 성적 질투심이야말로 심리 조작의 치명적인 먹잇감입니다. 오셀로는 순진하게도 이아고의 가스라이팅 수법에 걸려드는데 그 과정은 보기가 안타까울 정도입니다. 오셀로가 아내의 부정을 의심하게 되는 것은 그가 어리석기 때문이기는 하지만, 비난하거나 비웃을 수가 없습니다. 이아고의 농간이 너무나 교묘해서 어느 순간에는 나도 저런 놈한테 걸리면 당할 수 있겠다는 생각이 들면서 오셀로에 대한 동정심이 생기기 때문입니다.

이아고가 처음 행동에 옮기는 방식도 특이합니다. 한밤중에 데스데모나의 아버지인 브라반시오 의원의 집 앞에 가서 졸개 노릇을 하는 로드리고와 함께 소란을 피워 사람들이 뛰어나오게 합니다. 잠옷 차림으로 나온 브라반시오에게 이아고가 큰일이 났다고 애기합니다.

"의원님, 문은 잘 걸어 잠그셨습니까?"
"이런, 왜 그런 걸 묻는단 말이냐?"

"아이고, 의원님, 도둑이 들었습니다. ⋯ 바로 지금 늙고 시커먼 숫양이 의원님의 하얀 양과 배를 맞추고 있어요."

이아고는 데스데모나가 오셀로와 비밀 결혼한 사실을 동네방네 시끄럽게 소문내는 거지요. 이에 놀란 브라반시오는 이 결혼이 마법이나 강요에 의한 것이라며 일종의 청문회까지 열지만, 당사자인 데스데모나가 당당하게 사랑에 의한 결혼이었음을 선언하자 의회에서도 승인하지 않을 수 없습니다. 데스데모나를 짝사랑하던 로드리고는 낙담하게 되는데 이때 이아고가 하는 말을 들으면 그가 사리에 아주 밝은 인물이라는 것을 알 수 있습니다.

"이렇게 되건 저렇게 되건 다 본인 책임이야. 우리 몸이 정원이라면 의지는 정원사지. 쐐기풀을 심든 상추를 심든, 게을리해서 망치든 거름을 주고 부지런히 가꾸든. ⋯
만사를 바로 잡는 힘은 모두 우리 의지에 달린 거야. 인생의 저울이 한쪽에 놓인 이성과 다른 쪽의 욕정이 균형을 맞춰 주지 않는다면 비열한 본능에 사로잡혀 비참한 최후를 보게 마련이지."

하지만 이렇게 사리 밝은 말 뒤에 로드리고에게 하는 말을 요약하면 무어인은 자기가 처리할 테니까 돈을 더 마련하라는 것입니다. 로드리고는 가진 땅을 다 팔겠다고 하는데, 이어지는

147

이아고의 독백입니다. 자신의 인간성을 그대로 보여 주지요. 로드리고는 이아고를 나름 친구라 생각하고 있습니다.

"이렇게 해서 바보는 항상 내 돈지갑이 되지. 어차피 저런 바보를 상대로 시간을 낭비하면서 재미도 못 보고 실속도 차리지 못한다면 내가 쌓아 온 지식을 욕보이는 거야."

한편, 베니스는 터키의 키프로스 침공을 막기 위해 오셀로 장군을 키프로스에 급파해야 하는 상황이 됩니다.

이제 무대는 키프로스로 바뀌는데 이아고의 농간이 본격적으로 시작됩니다. 그는 자신을 제치고 부관이 된 카시오를 이용합니다. 이용뿐만 아니라 그가 첫 번째 복수의 대상이기도 하지요. 이아고는 카시오가 술에 약한 걸 알고 새로운 부임지 어쩌고 운운하며 술자리를 만들어 술에 취하게 합니다. 카시오는 임무 중이라고 처음에는 사양하지만, 사나이가 어쩌고 하는데 인간관계상 안 마실 수가 없어 몇 잔 마시다 보니 취해 버렸습니다. 이아고는 로드리고를 움직여서 카시오에게 시비를 걸게 합니다. 술김의 시비는 로드리고와 카시오 사이의 결투가 되어 버립니다. 이아고의 속셈은 둘 중의 하나가 죽으면 더 좋다는 생각입니다. 로드리고는 데스데모나를 짝사랑해서 이아고에게 다리를 놓아 달라며 돈을 바치고 있습니다. 로드리고에게 돈을 더 뜯어내기는 틀렸고 이아고에게는 이제 귀찮은 존재이지요.

카시오가 죽는다면 자기 수고 없이 완벽한 복수가 되겠고요. 두 사람의 싸움을 말리다가 어느 귀족 하나가 칼에 찔려 부상을 당합니다. 소란을 듣고 오셀로가 나타나는데 이아고는 카시오가 술에 취해 행패를 부린 것으로 보고합니다. 새로운 부임지에 와서 전투를 앞두고 부관이 술을 마시고 사고를 쳤으니 오셀로는 당연히 카시오를 면직시킵니다.

카시오는 술이 깬 후 후회막급이지만 어쩌겠습니까. 그는 아무것도 모른 채 이아고에게 도움을 청합니다. 이아고가 카시오에게 말하기를 착한 데스데모나에게 가서 청원해 보라고 합니다. 이아고는 카시오와 데스데모나가 만나는 장면을 오셀로가 보도록 연출합니다. 오셀로의 성적 질투심을 자극해서 아내를 의심하게 하려는 의도이지요. 오셀로가 처음으로 의심을 하는 장면입니다.

"하, 저건 아니야."

"자네 뭐라고 했나?"

"아무것도 아닙니다. 장군님, 혹시. 아닙니다."

"저건 카시오 아닌가? 방금 우리 집사람과 헤어진 놈 말이야."

"카시오라고요? 장군님, 그럴 리가요, 아니겠지요. 저렇게 죄지은 사람처럼 몰래 빠져나가다니요. 장군님 오시는 걸 보고 말입니다."

악마 같은 인간

마지막 이아고의 말이 절묘하지 않습니까? 그럴 리가 없다고 하는 말이 확실하다는 의미로 들리게 합니다. 이아고는 이제 점차로 오셀로의 의심 강도를 높이게 합니다. 카시오의 상황을 듣고 착한 데스데모나는 오셀로에게 카시오를 변호하며 방면해 달라고 조릅니다. 의처증이 생기고 있는 오셀로에게 그 얘기가 귀에 들어오겠습니까. 오히려 의심을 키울 뿐입니다. 그 과정을 여기 전부 쓸 수는 없지만, 오셀로는 성적 질투심에 점점 미쳐 갑니다. 이아고는 결정적 증거를 조작하기 위해 물증을 찾다가 데스데모나가 흘린 손수건을 자기 아내가 가져온 걸 우연히 보고 그걸 빼앗습니다. 이아고의 독백입니다.

"이걸 카시오의 숙소에다 흘려야지. 그리고 그놈이 이걸 보게 하는 거야. 공기같이 가벼운 것도 질투에 사로잡힌 놈에게는 확증이지."

오셀로의 의심이 점점 확신으로 변하는 과정에, 오셀로는 흥분해서 이아고의 목을 조르며 확증을 가져오라고 다그칩니다. 이아고는 데스데모나의 손수건 얘기를 합니다. 오셀로가 그건 자기가 아내에게 준 첫 선물이었다고 하니, 이아고는 카시오가 그것으로 턱수염을 닦고 있는 걸 봤다고 합니다. 말도 안 되는 증거 조작이지만 이는 이성을 잃은 오셀로의 마음을 흔드는 결정적 물증이 되어 버립니다. 그 후에도 오셀로의 심리를 흔드는 이아고의 교묘한 작업이 계속됩니다. 드디어 오셀로는 데스데모나를 죽여야겠다고 마음먹고 이아고에게 독약을 구해 오라고 하는데 그는 한술 더 떠서 독약을 쓰지 말고 카시오가 더럽힌 침대에서 목을 졸라 죽이라고 합니다. 카시오의 처치는 자기에게 맡겨달라고 하면서 말이지요.

이아고는 로드리고를 다시 부추겨서 카시오를 습격하게 합니다. 하지만 카시오의 역습을 받아 로드리고가 쓰러집니다. 카시오도 이아고의 칼을 맞고 상처를 입습니다. 한편 오셀로는 침대에 잠든 데스데모나의 목을 졸라 죽입니다. 나중에 이아고의 아내가 사건의 진상을 밝히자 사실을 알게 된 오셀로는 회한에 차서 자책하지만 너무 늦었습니다. 이아고는 자기 아내 에밀리아마저 칼로 찔러 죽입니다. 이아고는 오셀로의 칼에 찔려 부상을 당할 뿐 살아남습니다. 진짜 악은 살아남는다는 뜻일까요? 이아고는 양심의 가책이나 후회 따위는 없는 인간입니다. 자기의 의지를 관철하기 위해 가장 지독한 수단을 사용하면서도 전혀 망설임이 없습니다. 우리는 오셀로가 명예를 위해 스스로 죽음을 택할 수밖에 없을 거라는 생각을 하게 되지만 이아고의 마음은 짐작조차 할 수 없습니다.

인사발령에 불만이 있었고 미모의 귀족 여인과 결혼한 유색인 장군에 대한 질투심이 있다 하더라도 이아고는 어떻게 그렇게까지 사람을 철저하게 파멸시킬 수 있을까요. 새뮤얼 테일러 콜리지는 이아고의 행위를 '동기 없는 악'이라고 불렀습니

악마 같은 인간

다. 셰익스피어는 이아고를 통해서 우리에게 무슨 말을 하는 걸까요? 그것은 악마 같은 인간이 흔치는 않지만, 실제 세계에도 존재한다는 사실입니다. 개인적인 욕망이나 보복을 위해 악랄한 수법으로 다른 사람의 완전한 파멸을 시도하는 사람들 말입니다. 셰익스피어의 인물 중에 이런 악인은 몇 명이나 될까요? 다섯 손가락을 다 쓰기 어려울 정도의 숫자인데 이런 설정도 작가의 치밀한 계산에 의한 것으로 보입니다. 살면서 이런 악인은 만나지 않아야겠지만 나의 의지와 상관없이 주변에 있을 수도 있습니다. 오셀로의 경우를 보면 악인에게 당하지 않는 방법은 우선 나 자신이 강해야 합니다. 오셀로는 이방인이라 친구도 없었고 전투를 지휘하는 능력은 뛰어났지만, 의심 많고 마음이 약한 사내였습니다. 가족이라고는 아내밖에 없는데 아내를 의심하다 보니 달리 의지할 곳도 없고 오셀로 스스로 무너지고 말았습니다. 오셀로는 청문회까지 당하면서 어렵게 사랑을 증명하며 결혼에 성공했는데 누가 뭐라고 해도 아내인 데스데모나를 믿었어야지요. 나 자신과 가족을 믿었어야지요. 친구 하나 없는 이방인의 처지가 취약하기는 했지만 말입니다.

내가 강해지려면 우선 나 자신을 바로 볼 수 있어야 합니다. 다른 사람보다 나 자신을 제대로 보는 것이 어렵습니다. 내 눈은 나를 향하고 있지 않기 때문입니다. 마음속에 진실의 눈을 항상 밝힐 수 있다면 얼마나 좋을까요.

권력이란 부질없는 것

" 말 한 마리만 다오. 내 왕국을 주겠다. "

셰익스피어는 꽤 많은 사극을 썼습니다. 영국을 배경으로 한 작품 10개에 로마 시대를 배경으로 한 작품 4개를 더하면 사극을 14편이나 썼네요. 사극이란 대부분 정치와 권력에 관한 이야기이고 주인공은 대개 군주입니다. 셰익스피어 당시에도 통치와 관련된 주제는 대중적으로 인기가 높았나 봅니다. 하지만 사극에서도 셰익스피어가 주목하는 것은 일반 시민과 하층민들의 생각입니다. 군주는 잘하다가도 한 번의 중대한 실수를 하게 되면 실패한 왕이 될 수 있다는 사실과 함께, 일반 백성은 대개 무식하지만 가끔은 군주의 어리석음을 날카롭게 꿰뚫어 보고 신랄한 비판을 가할 수 있다는 걸 셰익스피어는 상기해 줍니다. 무엇보다, 군주의 잘못과 일반 백성의 실수는 그 무게가 같을 수도 없고요.

중세의 군주제 아래 살았던 작가 셰익스피어가 어떻게 정치체제와 관계없이 권력에 대한 속성을 그리 꿰뚫어 볼 수 있었는지 신기합니다. 사실 절대 군주제에서 극작가가 권력을 다루는 사극을 쓴다는 것은 위험한 일임에도, 셰익스피어는 민감한 주제를 다루면서도 왕실과 항상 원만한 관계를 유지했습니다. 권력에 대한 비판으로 보일 수 있는 이슈는 살짝 가리고 중립적 관찰자 시점을 유지한 작가적 재능 덕분이었습니다. 셰익스피어 활동기의 영국 왕은 둘이었는데 엘리자베스 1세와 제임스 1세였습니다. 엘리자베스 1세는 셰익스피어의 연극을 좋아했던 것으로 알려져 있습니다. 제임스 1세는 폭군으로 악명 높았지만, 셰익스피어가 속했던 극단의 이름을 시종장관 극단Lord Chamberlain's Men에서 왕실 극단King's Men으로 승격시킬 정도로 셰익스피어를 지원했습니다. 셰익스피어가 글로브 극장의 공동 소유주가 된 것도 제임스 1세의 지원 덕분이었다고 합니다. 미루어 짐작해 보면, 셰익스피어는 정치적 분석이 아니라 인간의 본성이라는 관점에서 정치나 권력을 파악하고 이해했던 것 같습니다. 그리고 기본적인 인간 본성은 몇백 년이 지나도 변하지 않기 때문에 셰익스피어가 권력을 해석한 방식은 현대적 시각으로 봐도 그대로 적용할 수 있지요.

셰익스피어의 작품에는 여러 유형의 권력이 등장합니다. 권력이란 휘두르는 맛이 강해서일까요. 권력을 가진 사람들은 크든 작든 자기의 권력보다 더 큰 권력을 행사하려는 경향이 있습니다. 불행하게도 권력을 가진 사람들은 자기 능력 이상으로 그걸 휘두르다 제대로 다루지도 못하고 스스로 무너지는 경우가 많습니다. 정치가가 분수를 지키며 자기 역할에 충실하고 국민의 이익을 우선으로 생각한다면 얼마나 좋을까요? 역사를 보더라도 그렇게 훌륭한 정치가는 아주 드뭅니다. 최고 통치자의 가치는 국민이 잘살게 하고 국가를 지키는 것 말고는 발휘할 곳이 달리 없습니다. 권력을 가진 자가 사사로운 이익을 추구하거나 국민은 제쳐 두고 권력 유지에 힘쓸 때 나라는 망하는 길로 접어듭니다.

아프리카의 많은 국가가 궁핍한 이유는 제국주의 시대에 식민지 수탈을 당해서 경제발전이 늦어진 이유가 크지만, 현대에도 발전이 더딘 이유는 지도자들의 부패 때문입니다. 특히 국가의 대통령들이 정부 재정이 열악한 상황에서도 사리사욕을 채우기에 바쁘기 때문입니다. 국가 지도층의 부패는 권력 유지와도 관련이 많습니다. 정치란 자금이 필요하고 자금을 키우려면 권력을 잡아야 하는 순환 시스템이 만들어지는 것이지요. 그렇게 멀리 갈 필요도 없습니다. 우리나라도 박수를 받으며 임기를 마치는 대통령이 거의 없지 않습니까. 퇴임한 후 감옥에 가지 않으면 다행이니, 권력이란 참 무엇이기에 그럴까요.

『율리우스 카이사르』는 셰익스피어가 쓴 가장 유명한 로마 사극입니다. 카이사르의 암살을 둘러싸고 시해에 가담한 세력과 카이사르의 지지파 사이의 권력 싸움 과정을 그리고 있습니다. 공화파의 의도와는 달리 카이사르의 죽음은 공화파가 율리우스 카이사르의 조카이며 후계자인 옥타비아누스 카이사르 진영에 패하며 황제 체제가 더 빨리 시작되는 계기가 되지요. 셰익스피어는 정치체제를 막론하고──군주제이든 오늘날의 민주주의에 가까웠던 로마의 공화제이든──정치 권력에 대한 이해도가 상당히 높았던 것으로 보입니다. 절묘한 점은, 이 작품의 첫 장이 시민의 대표인 호민관들이 카이사르의 개선을 구경하러 나온 시민들을 핍박하는 장면으로 시작한다는 겁니다. 작가는 의도적으로 공화제 자체가 가장 이상적인 정치제도는 아니라고 말하고 있습니다. 그 외에도 호민관들은 오늘날 우리의 국회의원과 같이 투표 때에만 대중의 인기를 사려고 하고 나중에는 시민의 권익 따위는 나 몰라라 하는 행태를 보이는 장면도 연출합니다. 그렇다고 해서 그가 군주제를 옹호하는 것도 아닙니다. 셰익스피어는 정치체제가 중요한 것이 아니라 통치자가 어떻게 하느냐가 중요하다고 말합니다.

셰익스피어는 권력이란 부질없는 것이라고 보았습니다. 『리처드 3세』는 리처드 3세의 권력 쟁취와 몰락의 과정을 그렸습니다. 리처드 3세는 장미전쟁에서 헨리 튜더에게 패배해서 전사합니다. 승리자 헨리 튜더는 튜더 왕조를 열고, 그렇지 않아도 악명이 높았던 리처드 3세를 더욱 비하해서 더 나쁜 왕의 이미지를 만들었습니다. 리처드 3세는 역사적으로 나쁜 왕으로 알려졌지만, 연극 「리처드 3세」는 오늘날까지도 영국에서 상당한 인기가 있다고 합니다. 비뚤어진 성격의 왕을 시적으로, 극적으로 잘 표현했기 때문이겠지요.

리처드 3세는 영국 역사에서 전투 중 사망한 단 두 명의 왕 중 하나입니다. 리처드 3세는 군사 전략에 밝았으며 전투에 직접 참전한 점 등은 좋은 평가를 받고 있다고 하지만, 셰익스피어의 작품에는 주로 부정적인 측면이 부각되었습니다. 리처드 3세는 왕위계승 순위가 앞서는 자기 형과 어린 조카 둘을 살해하고 왕위에 올라 폭군이 되었습니다. 폭군은 실패하는 왕이 될 수밖에 없지요. 리처드 3세가 마지막에 전투의 패배를 직면하고 외치는 한마디가 권력의 허무함을 말해 줍니다.

"말을, 말 한 마리만 다오. 내 왕국을 주겠다."

기회주의자와 이상주의자의 한계

" 카시우스와 브루투스 "

『율리우스 카이사르』의 또 다른 주인공이라 할 수 있는 브루투스의 한계는 지성인의 한계입니다. 커다란 음모는 머리가 좋은 기회주의자로부터 시작됩니다. 카이사르 살해의 주범은 브루투스로 알려져 있지만 최초로 거사를 계획하고 공모자들을 끌어들이는 역할을 하는 인물은 카시우스입니다. 카시우스는 카이사르에게 별로 인정을 받지 못했나 봅니다. 사람은 자기를 좋아하지 않는 사람을 싫어하게 마련이죠. 카시우스는 브루투스에게 카이사르는 약해 빠진 늙은이에 불과하다고 폄하합니다. 카이사르가 어느 추운 날 티베르강에서 어떤 지점을 정하고 거기까지 누가 빨리 수영해서 가는지 시합을 하자고 해서 옷을 입은 채 함께 뛰어들었는데, 중간에 앞서가던 카시우스에게 "카시우스 살려 줘, 빠져 죽겠네"라고 카이사르가 소리쳐서 자기가 둘러업고 나왔다는 겁니다. 카이사르는 영웅이 아니라 힘 빠진 늙은이라는 걸 브루투스에게 각인시키고 있습니다. 카이사르는 카시우스가 못마땅한지 안토니우스에게 이렇게 말한 적이 있습니다.

"내 주변에는 살집이 좀 있고 혈색이 좋은 친구들만 있으면 좋겠어. 밤에 잠도 잘 자고 말이야. 저기 삐쩍 마르고 굶주린 낯짝을 한 카시우스 좀 봐. 저 녀석은 음흉한 생각이 많아, 위험인물이야."

카이사르는 주로 외모를 가지고 카시우스의 흠을 얘기하지만 그를 이미 위험인물로 파악하고 있습니다. 카시우스도 이런 느낌을 아는지 카이사르 밑에서는 출세하기 어렵다고 생각합니다. 카이사르가 황제가 되어 더 큰 권력을 잡으면 카시우스는 앞날이 캄캄하겠지요. 카이사르에 대한 카시우스의 개인적인 반감이 카이사르를 시해하려는 계획으로 발전합니다. 그가 가장 먼저 한 일은 거사의 명분을 만드는 것이었습니다. 카이사르가 권력을 잡으면 황제가 될 것이며 공화제를 무너뜨리고 독재자가 될 게 분명하니 로마에 좋지 않다는 거지요. 로마가 공화제로 간 것도 그전 황제 체제일 때 타르킨의 폭정에 대한 반작용이었다는 걸 생각하면 로마인의 반독재 정서는 쉽게 이해할 수 있을 듯합니다. 카이사르가 아무리 인기가 좋다 해도 황제 체제가 부활하는 것에 대해서는 로마 시민들도 좋지는 않았을 겁니다. 이러한 로마의 정서를 아주 잘 이해하고 있던 카시

기회주의자와 이상주의자의 한계

우스는 로마 최고의 지성인 브루투스를 설득하여 동조자들을 모은 후 카이사르를 살해하게 되지요. 브루투스가 거사에 참여하지 않았다면 아마도 카이사르는 살해당하지 않았을지도 모릅니다. 카시우스는 모사꾼의 유형이지 사람들이 존경심을 가지고 따르는 지도자는 아니었습니다. 거사파에 가담한 인물들은 카시우스가 아니라 브루투스를 따른 셈이지요. 하지만 카시우스는 사건의 흐름을 정확히 파악하고 자신이 가지고 있지 않은 자질을 브루투스에게서 빌려서 자신이 의도한 거사를 성공시킨다는 점에서 탁월한 음모꾼입니다. 카이사르의 시해 직후 브루투스가 로마 시민 앞에서 정치 연설의 본보기와 같은 유명한 연설을 합니다.

"만일 이 군중 속에 카이사르를 사랑하는 친구가 있다면,
그에게 말하고 싶습니다. 카이사르에 대한 브루투스의 사랑도 그에 못지않다고요.
그러면 왜 카이사르에 반기를 들었냐고요?
이것이 그 대답입니다.
내가 카이사르를 덜 사랑해서가 아니라, 로마를 더 사랑한 탓입니다.
여러분은 카이사르가 죽고 만인이 자유인으로 사는 것보다
카이사르만 살고, 만인이 다 죽기를 원한다는 말입니까?"

멘토 셰익스피어

이 연설은 브루투스의 진심이었을 겁니다. 그러면 공화파가 성공한 것일까요? 그들은 카이사르 살해에는 성공했지만, 권력을 차지하는 데는 실패합니다. 말하자면 쿠데타의 실패인 셈인데 거사에 가담했던 인물들은 반역자로 몰리게 됩니다. 카시우스와 브루투스 일당은 반역자로 낙인찍혀 정통파와 불리한 싸움을 벌이게 되고 결국 패전과 함께 종말을 고합니다. 막상 권력은 그 뒤 복잡한 과정을 거쳐 카이사르의 조카 옥타비우스에게 넘어가고 황제 체제가 됩니다. 카시우스의 계획이 실패한 이유는 무엇일까요?

최초의 실수는 브루투스가 카이사르 살해 행위를 정당화하는 대중연설을 한 후 안토니우스에게 연설 기회를 주었다는 사실입니다. 브루투스의 연설이 어느 정도 대중의 마음을 빼앗고 있는데 안토니우스는 그 이상의 명연설로 대중의 마음을 뒤흔듭니다. 카이사르의 시신 앞에서 하는 안토니우스의 연설도 일부만 인용해 볼까요?

"여기는 카시우스의 단검이 찔렀고
여기는 악의에 찬 카스카가 찢어 놓은 자리이고
그토록 사랑받던 브루투스는 여기를 찔렀습니다.
그 저주받은 칼을 뽑을 때 피가 흐른 이 흔적을 보십시오.
카이사르가 그를 얼마나 사랑했습니까?
그야말로 가장 가혹하고 잔인한 칼질이었습니다.

기회주의자와 이상주의자의 한계

카이사르가 총애하던 자의 배신으로 카이사르는 쓰러졌고

그의 강한 심장도 터졌습니다.

위대한 카이사르는 쓰러진 겁니다.

아, 시민들이여, 이 무슨 날벼락입니까?

잔혹한 반역이 우리 위에서 싹트는 동안

나도, 여러분도, 우리 모두 쓰러진 겁니다."

브루투스의 연설이 논리적인 설득이라면 안토니우스의 연설은 감정의 호소라고 할 수 있습니다. 대중의 가슴속에 불을 지른 것은 안토니우스였습니다. 안토니우스의 연설은 시민 폭동의 도화선이 됩니다.

카시우스는 아마도 개인적인 감정 때문에 카이사르를 제거하는 데만 집중했던 것으로 보입니다. 즉 권력의 승계까지는 세부적인 계획을 못 세웠던 것이지요. 브루투스는 로마인의 존경을 받는 당대의 지성인이지만 그는 권력 지향형의 사람은 아니었습니다. 카이사르 살해라는 거사에 이론적 명분을 제공해줄 수는 있어도 권력을 차지할 역량도 없었고 공화제를 존속시킬 세부 계획도 없었습니다. 브루투스가 카이사르의 죽음 하나로 독재가 방지되고 공화제가 존속될 것으로 믿었다면 너무나 순진한 생각 아니었을까요. 카시우스 역시 음모를 꾸밀 만한 인물이지만 최고 권력을 설계할 인물은 아니었습니다. 카시우스는 친구의 도움을 받아 앞길을 막고 있는 카이사르를 살해함으로써 자신의 출세길을 열어야겠다는 생각이었을 겁니다. 카시우스는 로마의 정의를 내세웠지만 사실 그런 커다란 정의를 실현하기에는 개인적인 욕심이 있었을 뿐 역량이나 계획이 모두 부족했습니다. 브루투스 역시 이상주의적 지성인으로 존경받는 인물이었지만 정치인으로서의 비전은 없었습니다. 셰익스피어는 기회주의자와 이상주의자의 한계를 명확히 보여 줍니다. 이상과 현실의 차이에서 항상 고민하는 우리에게도 생각할 만한 과제입니다. 큰 꿈을 가지는 것도 중요하지만 나 자신의 한계를 인식하는 것 또한 중요합니다.

배신의 모습

" 브루투스, 너마저… "

배신이란 인간이 행하는 가장 나쁜 행위로 여겨집니다. 단테는
『신곡』에서 지옥을 9개로 구분해 놓았는데 배신자를 가장 지독
한 지옥에 위치시킵니다. 단테도 배신을 인간의 믿음을 저버리
는 최악의 행위라고 보았다는 뜻이지요. 브루투스가 배신자의
상징처럼 알려진 건 단테의 작품 『신곡』 탓일 겁니다. 단테가
브루투스를 위에서 말한 가장 지독한 지옥에 넣었거든요. 브루
투스는 로마의 지성으로 카이사르의 사랑을 누구보다도 많이
받은 인물이었습니다. 그런 그가 카이사르 살해의 주모자 역할
을 했으니 단테가 배신의 아이콘으로 브루투스를 떠올린 것은
무리가 아닙니다. 카이사르가 브루투스의 칼에 찔린 후 외치는
말, "너마저 브루투스"는 배신의 쓰라림입니다.

배신은 나라의 운명을 좌우하는 배신자부터 애인의 눈을
속이고 거짓말을 하며 다른 상대를 만나는 바람둥이까지 그 형

태가 다양합니다. 배신이란 문자 그대로 해석하면 믿음을 등지는 행위입니다. 인간으로서 가장 비난받아야 할 행동임을 알면서도 사람들은 왜 배신을 할까요? 배신으로 인해서 어떤 식으로든 이득이 있기 때문이겠죠. 브루투스는 개인적인 이익을 위해서가 아니라 로마의 정의를 위해서 개인의 의리를 포기했기 때문에 미묘한 점이 있기는 합니다. 카이사르를 덜 사랑했기 때문이 아니라 로마를 더 사랑하기 때문이었다는 브루투스의 연설은 충분히 설득력이 있습니다. 그렇다면 진짜 배신자는 어떤 인물일까요?

우선 리어 왕 편에서 언급했던 리어의 두 딸을 거론해야겠군요. 이름이 고너릴과 리건입니다. 딸들에게 모든 걸 물려주고 은퇴해서 딸들에게 번갈아 의탁하며 편안하게 살고 싶은 소망을 가졌던 리어 왕이 딸들에게 구박받으며 소외되어 황야로 떠나 버린 이야기는 어떻게 보시나요? 리어의 두 딸은 왜 그렇게 못된 사람이 되었을까요? 이런 딸들의 행동은 상식적으로는 이해가 되지 않기에 아버지로부터 어릴 적에 심한 성적 학대를 받아서 성격이 비뚤어졌을 거라는 분석이 있을 정도이지요. 고너릴과 리건은 리어 왕의 신하 글로스터의 잘생긴 아들에 반해 쟁탈전을 벌이다가 비극을 맞이합니다.

리처드 3세, 존 왕 등 혈육을 죽이거나 밀어내고 권력을 쟁취하는 인물이나 기존의 왕을 시해하고 스스로 왕이 되는 맥베스나 클로디어스는 최고의 배신자들입니다. 최고 권력이 개입

되는 경우 배신의 의미는 우리 같은 일반인의 상황과는 다른 엄청난 결과를 낳겠지요.

우리의 일상생활에서 배신이란 어떤 의미일까요? 믿음이란 가까운 사이에만 성립할 수 있으므로 별 관계가 없는 사람과는 배신도 있을 수 없습니다. 역시 사랑이나 사업과 관련한 배신이 많은가요? 주변에서 배신당한 이야기는 많이 들었는데 배신했다는 이야기는 들어 본 적이 없네요. 그런데 배신을 당한 것과 배신감을 느끼는 것은 상당히 다릅니다. 특히 친구 사이에서 오해로 인해 서로 배신이라고 생각해서 우정이 깨지는 건 안타까운 일이지요. 배신과 관련해서 염두에 두어야 할 일은 신뢰할 수 없는 사람을 알아보는 것입니다.

사업이란 이득을 목적으로 하므로 사업상 만나는 사람에게서 의리를 기대하는 것은 무리입니다. 서로에게 이득을 주는 한도 내에서 좋은 관계를 유지할 뿐입니다. 사람은 나이가 들면서 옛 친구들보다는 일 때문에 만나는 사람들이 늘어나게 되고 일부는 친구처럼 지내게 됩니다. 진짜 친구가 되는 사람도 있기는 하지만 배신에 가장 취약한 대상이 바로 여기에 있습니다. 일 때문에 만나는 사람들은 늘 호의를 표현하고 우정을 가장하기 때문이지요. 그중에 배신의 성향이 강한 사람을 알아볼 수 있다면 어느 정도는 마음의 상처를 받을 일은 줄일 수 있습니다. 거짓말을 되풀이하거나 허언을 일삼는 사람은 위험한 사람들입니다. 이간질을 하는 사람, 뒤에서 험담하는 사람은 더 위험합니다. 면전에서 과도한 칭찬을 늘어놓는 사람이라면 경계해야 합니다. 자신이 정의롭다는 걸 자주 말하는 사람이나 조직에 대한 충성을 과시하는 사람도 배신의 가능성이 있습니다.

믿었던 사람이 자기 이익을 위해서 내게서 등을 돌리고 의리를 저버렸다면 인간관계는 회복할 방법이 없을 뿐만 아니라 당한 사람에게는 커다란 마음의 상처가 됩니다. 이런 마음의 상처를 피할 수 있을까요? 개인적인 이익에 따라 행동하는 것이 일종의 본능이라고 보면 누구나 배신의 가능성이 있다고 봐야 합니다. 배신자는 두 개의 얼굴을 갖는 경우가 많습니다. 햄릿의 대사처럼 이렇게 말하고 싶은 상대가 있다면 멀리하는 게 상책입니다.

"신은 당신에게 하나의 얼굴만 주었을 텐데, 당신은 또 다른 얼굴을 가지고 있군."

인간에게 유일한 운명은 시간뿐

" 셰익스피어의 인생철학 — 행과 불행 사이 "

인생이란 내가 어찌해 볼 수 없는 것들로 가득합니다. 우선 어디에서, 어떤 환경에서 태어나는지부터 우리의 선택이 아닌데, 이것들이 인생의 상당 부분을 결정해 버리죠. 아프리카 빈국에서 태어나는 것과 선진국에서 태어나는 것은 여러 가지 면에서 천지 차이일 겁니다. 하지만 열악한 환경에서 태어난 사람이라고 해서 꼭 불행한 것은 아닙니다. 반대로 백만장자 집안에서 태어났다고 해서 반드시 행복한 것도 아닙니다. 『율리우스 카이사르』의 등장인물 카시우스는 이렇게 말합니다.

"운명은 별이 정해 주는 것이 아니라 우리 자신이 정하는 것이다."

운칠기삼이란 말은 내가 통제할 수 없는 운이 인생에 더 크게 작용한다는 뜻이지만, 나 자신이 정할 수 있는 몫이 30%는 된다는 뜻이니 실망할 필요가 없습니다. 야구에서 잘 치는 타자의 타율이 3할 정도니까 인생도 그러려니 하면 마음이 조금은 편해집니다. 내가 통제할 수 있는 30%를 어떻게 잘 쓸지가 이제 관건이 되겠죠.

셰익스피어에 의하면 비극은 외부의 요인이 아닌 자기 자신에게서 비롯됩니다. 4대 비극만 하더라도 주인공의 성격적 결함이 엄청난 비극의 주요 원인입니다.

셰익스피어의 작품 『리처드 2세』에 이런 대사가 있습니다.

"불행은 견디는 힘이 약하다는 것을 간파하면 더욱 무겁게 내리 누른다."

리처드 2세의 숙부인 랭커스터 공작이 왕의 명령에 의해 추방당하는 아들 헨리 볼링브로크를 격려하는 말입니다. 강직한 성격의 아버지인 랭커스터 공작의 기운을 이어받아 헨리 볼링브로크는 나중에 유약한 리처드 2세를 몰아내고 헨리 4세로 왕위에 오릅니다.

셰익스피어가 말하는 행복과 불행은 모두 내 마음에 달려 있습니다. 누구에게나 불행은 가끔 찾아옵니다. 인생에는 좋은 일과 나쁜 일이 공존하니까요. 어리석은 사람은 불행을 키워서 비극을 초래하고, 현명한 사람은 불행으로부터 빨리 벗어나서 행운을 찾아 나서는 법이니, 불행이 닥쳤을 때 환경이나 남의 탓을 하지 말고 나 자신을 우선 돌아봐야 합니다. 셰익스피어의 비극 관점에서 불행의 문제를 생각할 때마다 떠오르는 역사적 인물이 있습니다. 불행을 자신의 운명이라고 생각했던 장 자크 루소입니다. 그의 자서전 『고백록』을 보면 루소는 평생 자신이 엄청 불행한 사람이라고 생각했더군요. 자서전에 의하면 루소는 주변 인물들과 쉽게 친구가 되지만, 섭섭한 일이 있으면 금방 적으로 취급해 버립니다. 그의 말에 의하면 사방에서 지독한 적들이 괴롭히고, 자신은 최악의 불행 속에 인생을 살았다고 합니다. 그는 자신의 불행한 운명을 한탄하는데, 과연 그럴까 하는 생각이 들었습니다. 루소에 호의를 가지고 후원해 준 귀족도 많았고 친구도 많았습니다. 좋은 사람들과의 교류도 즐겼고 자기가 원하는 장소에서 전원생활도 만끽했죠. 루소 자신은 평생 불행했다고 말하지만, 독자로서 판단하기에 루소는 다른 사람에 신경 쓰지 않고 자기 편한 대로 살았던 사람이 아닌가 싶습니다.

　루소는 현대적 의미의 자유라는 개념에 커다란 영향을 준 사상가이기에, 그는 개인적으로도 자유인이기를 원했습니다. 사회적 인간으로서 완전한 의미의 자유인이 가능할까요? 평생을 지낼 만한 유산이 없는 한 누구나 경제활동을 해야 합니다. 루소는 인세 수입을 얻기 전에는 악보 필사 작업으로 생활비를 벌었습니다. 음악을 좋아하는 루소가 마음 편하게 혼자 할 수 있는 일이었기 때문입니다. 돈 버는 일에 매이면 자유인이 될 수 없으니까요.

루소가 원했던 자유인에 대해서 생각하다 보니 철학자 스피노자가 떠오릅니다. 스피노자 역시 다른 사람에 구애받지 않고 혼자 할 수 있는 경제활동으로 렌즈 깎는 일을 택했습니다. 하이델베르크 대학에서 교수로 초빙했지만, 스피노자는 고민 끝에 거절했다고 합니다. 루소는 별생각 없이 가까운 귀족들로부터 전원의 주택 등 경제적 지원을 받다가 시간이 지나면서 마음에 부담을 느끼면서도 그런 호의를 뿌리치지는 못했습니다. 스피노자는 렌즈를 연마하는 일이 유일한 수입원이었고 그런 사실에 만족했습니다. 스피노자는 유대인이었지만 유대교를 부정했다고 해서 유대인 사회에서 파문을 당하여 거주의 자유조차 없었지만, 그럼에도 스피노자는 자유인이었습니다. 루소는 그렇게 자유인이기를 추구했지만 자유인이지 못했습니다. 스피노자는 마음이 자유로웠고 루소는 마음이 자유롭지 못했습니다.

루소가 『고백록』에서 셰익스피어를 언급하는 것을 보면 그의 작품을 꽤 읽었을 것으로 추측됩니다. 하지만 셰익스피어의 생각까지는 읽지 못한 것 같습니다. 자기 마음속의 문제에 운명 탓을 하고 있으니 말입니다. 셰익스피어는 행과 불행의 차이는 내 마음속에 있다고 말합니다. 인간에게 유일한 운명은 멈출 수 없는 시간뿐입니다.

바보의 역할

" 광대의 다른 말은 거울 "

셰익스피어의 작품에서 큰 울림과 깨달음을 주는 촌철살인의
위트와 진실은 주인공들보다 조연의 입을 통해 나오는 경우가
많습니다. 보통 사람, 혹은 바보나 광대가 제멋대로 지껄이는
것 같지만 그 속에 오히려 진리가 들어 있는 것을 볼 수 있지요.
그들이 하는 말은 지성에 호소하는 것이 아니라 마음에 호소하
기 때문일까요? 우리에게 더 와닿습니다. 광대, 술집 작부, 무덤
파는 인부 등 하층 계급에 속하는 인물들이 만들어 내는 위트와
철학이 혼합된 진실의 장면들은 모든 인간의 개체성을 인정하
고 존중하는 작가의 태도에서 나옵니다. 엘리자베스 시대에 광
대Clown 역할은 꽤 비중 있는 등장인물의 하나로, 광대를 전문으
로 하는 배우가 따로 있었습니다. 광대의 다른 이름은 바보Fool
입니다. 자신을 바보라고 공언한다면, 그때부터 언동이 자유로
워지죠. 바보는 자유인입니다.

『리어 왕』의 광대는 비중이 상당히 높은 인물입니다. 그는 위계질서가 무너진 리어의 세계에 들어가 방향타 역할을 합니다. 광대는 리어의 어리석음을 매우 철학적으로 지적하는데 광대의 눈에 보이는 리어의 세계는 어리석음이 진실을 가려 버린 부조리의 세계입니다.

리어가 맏딸 고너릴의 집에 머물다가 구박을 못 이겨 둘째 딸 리건의 집으로 가려고 할 때 광대는 이렇게 노래합니다.

"참새가 뻐꾸기를 오랫동안 키워 주었더니
그 새끼가 키워 준 참새 머리를 쪼는 것과 같군요.
그런데 촛불이 꺼져서 우리는 어둠 속에 버려졌네요."

둘째 딸 역시 똑같이 구박하자 리어는 황야로 뛰쳐나갑니다. 광대가 리어와 동행합니다. 광대가 리어에게 바보라고 하며 비웃는 장면입니다.

"너 나를 바보라고 하는 거냐?"
"당신은 다른 이름들은 몽땅 줘 버렸으니까,
태어날 때 가지고 있던 것 빼고는 남은 게 없지."
…
"아저씨 저에게 달걀 하나만 주세요.
그러면 아저씨한테 왕관 두 개를 드릴게요."

"어떤 왕관 말이냐?"

"제가 달걀 가운데를 깨뜨려서

노른자를 먹어 버리면 두 개의 왕관이 남지요.

당신이 가지고 있던 왕관을 쪼개서 두 조각을 주어 버렸을 때

당신은 나귀를 등에 짊어지고 진창을 걸어가는 꼴이 되었지요.

당신이 황금색 왕관을 포기했을 때 당시의 대머리 속에는

지혜가 거의 들어 있지 않았어요. 이 말을 하는 제가 어리석다고

생각되면

그렇게 생각하는 맨 처음 녀석부터 회초리를 맞아야겠지요."

달걀 껍질과 왕관의 비유는 절묘합니다. 홧김에 황야에 나와서 노숙자 신세가 된 리어를 보고 하는 광대의 말은 계속 폐부를 찌릅니다. 권위 의식에 빠졌던 리어는 서서히 깨우치기 시작합니다.

"그래도 난 아저씨처럼 되고 싶지는 않아요.

왕국을 조각내어 포기했을 때,

그건 마치 당신의 뇌를 두 쪽으로 갈라서

가운데는 텅 빈 채로 있는 것과 같아요.

…

지금 당신은 아무 숫자 없는 영이나 마찬가지예요.

지금은 내가 당신보다 낫지요.

나는 바보고, 당신은 아무것도 아니니까.

I am a fool, thou art nothing."

한밤중에 폭풍 속에서 포효하는 리어를 광대가 지켜 줍니다. 무의 상태가 된 리어는 이제야 타인의 고통을 이해하고 동정심을 가지기 시작합니다. 리어를 각성시킨 것은 다름 아닌 바보 광대입니다.

『십이야』의 페스테는 셰익스피어가 직업적 광대의 전형으로 묘사한 인물입니다. 그는 삶의 이면에서 진실을 꿰뚫어 보는 능력이 탁월합니다. 그는 지혜와 바보짓에 대해서 이렇게 얘기합니다.

"지혜여, 네가 정이 있다면 내가 멋지게 바보짓을 하게 해다오.
지혜가 있다고 생각하는 자들이 바보짓을 하는 경우가 많더라.
난 지혜가 없는 바보니까 똑똑한 사람으로 통할지도 모르지.
하기야 퀴나팔루스가 말하지 않았던가?
'현명한 바보가 바보 같은 현자보다 낫다'고."

퀴나팔루스는 셰익스피어가 만들어 낸 가상의 철학자입니다. 우리 사회에서도 똑똑함을 과시하려는 사람일수록 실제로는 그렇지 않을 가능성이 높지 않을까요? 다음은 페스테가 공작을 만나서 나눈 친구에 관한 대화입니다. 농담 속에 진실이

담겨 있죠.

　"널 잘 알고 있다. 잘 지내는가, 친구?"
　"원수 덕분에 잘 지내고, 친구 덕분에 못 지내고 있지요."
　"그 반대겠지. 친구 때문에 잘 지낸다는 거 아닌가?"
　"아니요, 못 지낸다니까요."
　"어째서 그런가?"
　"왜냐하면 친구들은 나를 칭찬하면서 바보로 만들지만,
　적은 솔직히 나를 바보라고 하기 때문이죠. 다시 말해
　적에 의해 나 자신을 알고, 친구 덕에 자신을 속이는 거죠."

　친구가 오히려 도움이 안 되는 존재이고 적이 반드시 나쁜
존재가 아니라는 관점이 재미있습니다. 일리가 있지 않나요?
　라바치는 『끝이 좋으면 다 좋아』에 등장하는 광대입니다.
라바치의 농담은 페스테의 재치 있는 풍자와는 종류가 다릅니
다. 그의 언어는 부조화와 이율배반이 특징으로 말장난에 가깝
습니다. 그의 전형적인 대화를 볼까요. 가짜 귀족 파롤레스를
조롱하는 장면인데 반짝이는 재치를 보여 줍니다.

　"오, 자넨가? 마님은 안녕하시지?"
　"당신은 마님의 주름살을 얻어 가고 난 돈을 얻어 올 수 있다면,
　당신 말대로 안녕하시겠지요."

"왜 그래, 난 아무 말도 안 했는데."

"이런, 당신은 좀 더 현명한 사람인 줄 알았는데. 대개 하인 놈들은 주인이 빨리 죽었으면 좋겠다고 입을 놀리죠. 아무 말도 안 하고, 아무것도 안 하고, 아무것도 갖지 않은 것이 당신의 가장 큰 재산이지요. 그러니까 아무도 아닌 거나 마찬가지다 이 말이에요."

"꺼져라, 이 악당아."

"선생님, 악당 앞에 있는 악당이라고 해야지요. 내 앞에 있는 사람이 악당이니까. 그래야 말이 되지요."

"그만, 가라. 제법 재치 있는 바보구나. 알겠다."

"선생님은 스스로 알았나요, 아니면 내가 가르쳐 줘서 알았나요?"

"그래, 내가 깨달았다."

"어쨌든 알게 되어서 다행이군요. 스스로 바보라는 걸 알았으니. 온 세상이 기뻐하고 웃음이 터져 나오겠네."

광대의 특징은 다른 사람들의 어리석음을 비춰 주는 거울 역할을 한다는 점입니다. 파롤레스에게 자신의 바보짓을 알고 있느냐고 묻는 장면은 의미심장합니다. 광대가 엉뚱한 말을 해도 주변 사람들은 매우 관대합니다. 그것은 웃음의 중요성을 사회적으로 인식하고 있다는 뜻입니다. 우리 방송에도 코미디 프로그램이 정치풍자 등 제한 없이 다양한 주제를 다루었으면 좋겠습니다. 연기자들에게 표현에 대한 자유를 주되 품위를 지키게 하면 순기능이 크지 않을까요?

바보의 역할

셰익스피어의 작품에서 바보의 역할은 연극적 설정이지만 실제 세상에서도 생각해 볼 문제입니다. 우리가 바보라고 생각하는 사람들이 바보가 아니라, 어쩌면 우리 자신이 바보일지도 모릅니다.

우리는 자유인이 되기를 갈구하지만 그게 가능한가요? 개념적으로는 몰라도 사회적 관계 속에서 자유인으로 살기란 불가능에 가까울 겁니다. 가족 안에서도 자유보다는 의무가 무겁게 느껴지지 않나요. 셰익스피어가 살던 신분사회에서 보통 사람들은 기본적 자유마저 제한적이었습니다. 관객들은 셰익스피어의 연극을 보며 바보의 자유분방한 언동을 통해서 대리만족을 얻었습니다. 우리도 셰익스피어 작품에 등장하는 바보의 역할을 현대적으로 해석하며 자유 정신에 대해 한번 생각해 보면 어떨까요. 자유인이란 마음과 사고방식이 자유로운 사람입니다.

멘토 셰익스피어

어리석은 남자, 현명한 여자

" 사랑을 시험하지 말기 "

문학에서 가장 흔한 주제는 사랑이겠지요. 셰익스피어의 희곡 37편에 가장 많이 등장하는 단어 역시 '사랑'이라고 합니다. 셰익스피어의 사랑 이야기를 보면 특이한 점이 발견되는데요, 대개 남자가 의리도 없고 판단력이 빈약하며 질투가 더 심한 모습으로 등장한다는 점입니다. 반면에 여성은 인내심이 강하고 용기가 있으며 현명한 경우가 많지요. 사랑을 주제로 한 셰익스피어의 작품에서 대개는 여성이 더 매력적인 캐릭터로 그려집니다. 당시 유럽 사회는 심지어 연극에서 여성의 역할도 남자아이 배우가 담당했을 정도로 철저하게 남성 위주의 사회였던 것을 생각하면 놀라운 점입니다.

미국의 대중 영화를 보면 많은 경우 외모가 매력적인 여성의 사소한 어리석음이 큰 문제를 일으키고 이를 남자 주인공이 해결하곤 합니다. 이런 장면을 볼 때마다 중세의 작가인 셰익스피어의 여성관이 오늘날의 미국보다도 선진적인 면이 있었다는 생각이 듭니다. 셰익스피어의 작품에 나오는 여성들은 신분이나 나이에 상관없이 자기 할 말을 똑 부러지게 하고 주관이 뚜렷합니다. 사랑의 히로인으로 유명한 줄리엣이나 클레오파트라는 말할 것도 없이 셰익스피어의 사랑 극은 여자 쪽에 조금 더 비중이 주어집니다. 인간적으로 너무하다 싶을 정도의 어리석음을 보여 주는 것은 앞서 언급했다시피 주로 남자입니다. 셰익스피어의 주인공 중 사랑 앞에 가장 어리석은 남자가 누구일까 생각해 봤습니다.

셰익스피어의 후기 작품 중 『심벌린』이라는 작품이 있습니다. 이 작품의 주인공은 브리튼의 공주 이모젠입니다. 이모젠의 남편은 포스튜머스인데 이 작품은 이 둘 사이의 사랑을 두고 일어나는 일을 그리고 있습니다. 포스튜머스는 익명이라는 뜻도 있으니까 작가는 별 존재감 없는 남자의 이름으로 적격이라고 생각했던 모양입니다. 포스튜머스는 평민 출신이라 공주의 남편감으로 심벌린 왕의 축복을 받지 못합니다. 심벌린 왕은 재혼 후 새 왕비가 클로튼이라는 아들을 데리고 왔는데, 그를 왕위 계승자로 삼으려고 음모를 꾸밉니다. 좋은 사람들은 아닙니다. 심벌린 왕은 이모젠이 좋아하는 포스튜머스를 추방하고 클로튼과 재혼하기를 원합니다. 이런 상황이니 포스튜머스는 동정을 받아야 마땅한 처지인데, 동정할 수 없는 이유가 있습니다. 사람의 진심을 알아보지 못하는 심벌린 왕의 어리석음보다도 포스튜머스는 더 심한 어리석음을 보여 주기 때문입니다.

포스튜머스는 추방당한 후 로마로 가는데 거기서 외국인들과 어울리던 중, 이탈리아인 이아키모가 엉뚱한 내기를 걸어옵니다. 포스튜머스가 아내 자랑을 한 것이 시초였습니다. 브리튼에 있는 자기 아내의 미모와 함께 정숙함까지 자랑을 하자, 이를 듣고 있던 이아키모가 눈꼴사나웠는지 자기가 이모젠의 정조를 빼앗아 보겠다고 내기를 겁니다. 이게 내기가 되나요? 옛날 남자들은 이런 정신 나간 내기도 했던 모양입니다. 교묘한 언변으로 상대가 도발해 오면 내용이 무엇이든 간에 그 도전을 꺾어 보고 싶은 욕망이 생기는 거지요.

이아키모는 포스튜머스에게 소개장을 써 달라 해서 브리튼으로 이모젠을 찾아갑니다. 그는 이모젠에게 상자를 하나 맡아 달라고 하며 보물 상자라고 합니다. 이모젠은 자기 방에 그 상자를 두게 하는데 이아키모는 상자 안에 숨어 있다가 밤에 잠든 이모젠을 보기 위해 밖으로 나옵니다. 그러고는 이모젠의 침실과 이모젠의 신체상 특징을 관찰하며 메모를 한 후에 반지와 팔찌를 벗겨 냅니다. 이제 그는 이탈리아로 돌아갑니다. 이아키모는 포스튜머스를 만나서 내기에 승리했다고 선언합니다. 그는 먼저 이모젠의 침실을 묘사합니다. 포스튜머스는 누군가 얘기해 줄 수도 있으니 그건 증거가 되지 못한다고 말합니다. 그러자 이아키모는 팔찌와 반지를 정표로 받았다며 결정적인 증거라고 제시합니다. 포스튜머스의 마음이 흔들리며 질투심이 불붙기 시작합니다. 같이 있던 프랑스인이 그건 누가 훔쳐서 줄수도 있으니 충분한 증거가 될 수 없다고 말합니다. 이아키모는 이제 이모젠의 가슴에서 본 앵초 꽃 같은 붉은 점을 얘기합니다. 포스튜머스는 순간 성적 질투심에 이성을 잃어버립니다.

포스튜머스는 화가 나서 급기야는 브리튼에 있는 자기 하인인 피사니오에게 이모젠을 죽이라는 편지까지 보냅니다. 사람이 어떻게 저렇게 어리석을 수 있을까요? 다행히 하인인 피사니오는 편지를 보고는 뭔가가 잘못되었다는 걸 즉시 알아차립니다. 이탈리아인의 간계라는 걸 눈치챈 거지요. 똑똑한 하인 피사니오와 멍청한 주인 포스튜머스는 정말 대조됩니다. 충실한 피사니오는 이를 이모젠과 상의하고 이모젠으로 하여금 포스튜머스를 찾아 나서게 합니다. 이모젠은 이후 온갖 역경과 우여곡절을 거치며 남편을 만나게 되는데요, 자세한 얘기는 생략하더라도 대충 아시겠지요? 이모젠은 그런 멍청한 남편에게 실망도 했지만 그를 인내와 사랑으로 감싸고 용기 있게 난국을 헤쳐 나가며 결국은 포스튜머스가 진실을 깨닫게 합니다. 마지막 순간에야 겨우 진실을 알게 되는 이 남자를 보면 정말 한숨이 나옵니다. 반대로 이모젠을 보면 사랑의 힘이 위대하다는 걸 느끼게 됩니다.

어리석은 남자가 있으면 어리석은 여자도 있을 텐데, 셰익스피어는 대체로 남자를 조금 더 어리석은 인간으로 묘사했습니다. 왜 그랬을까요? 아마도 남성 위주의 사회에서 소수 입장인 여성의 편을 들어 준 거 아닌가 싶습니다. 남녀 사이의 사랑을 얘기할 때 보면 셰익스피어는 진정한 신사입니다.

사랑이란 뭘까요? 사랑은 눈머는 거라는 말이 있지요. 'Love is blind'는 「베니스의 상인」 중 샤일록의 딸 제시카의 대사입니다. 사랑의 신 '큐피드의 눈이 가려진 이유는 사랑은 눈으로 보는 게 아니라 마음으로 보기 때문'이라는 대사가 「한여름 밤의 꿈」에 나옵니다. 사랑과 관련해서 이해하기 어려운 일들이 일어나는 건 눈먼 사랑의 속성 때문이겠지요. 이런 사랑의 속성이 묘하게도 남자에게는 약간 부정적으로, 여성에게는 조금 긍정적으로 작용하는 것처럼 셰익스피어는 그립니다.

어리석은 남자. 현명한 여자

훔치고 싶은 셰익스피어의 말들

" 글쓰기에서도. 우리의 인생에서도 "

셰익스피어는 많은 명언을 만들어 낸 것으로 유명합니다. 재미 있는 것이, 셰익스피어 본인의 입으로 말한 명언은 하나도 없습니다. 자필 원고도, 에세이도, 인터뷰도 없으니까요. 울림을 주는 명언이나 절묘한 비유 모두가 작품 속 등장인물의 입을 통해서 나왔습니다. 멋있는 대사는 대개 주인공이 말할 것 같지만, 셰익스피어의 명언은 주연 조연을 가리지 않습니다. 주인공뿐만 아니라 하인도 어릿광대도 악당도 촌철살인의 명언을 말합니다. 여기에서는 앞에서 다루지 못한 명언 몇 개를 음미해 볼까 합니다.

셰익스피어의 작품 속에 '철학'이라는 단어는 14번 나오는데 모두 부정적인 의미로 썼습니다. 예를 들면 로미오가 자신을 설득하는 로렌스 신부에게 하는 얘기입니다.

"철학 따위는 개나 줘 버려요. 철학이 줄리엣을 만들 수 있나요?"

햄릿은 부왕을 시해한 삼촌이 어머니와 재혼한 걸 알고 친구인 호레이쇼에게 이런 말을 합니다.

"하늘과 땅 사이에는 철학으로는 도저히 상상할 수 없는 일이 있다네."

셰익스피어가 철학을 부정적으로 생각해서가 아니라 당시 대학 출신의 극작가들이 지적 우월성을 과시하는 것이 못마땅했으리라 상상해 봅니다. 셰익스피어는 대학에서 철학을 배우지 않았지만, 선과 악이 공존하는 실제 인간관계 속에서 철학과 역사를 해석했던 것으로 보입니다. 학문으로 배우는 철학이 아니라 생활에서 느끼는 철학에서 셰익스피어는 상당한 경지에 오른 것이지요.

『리처드 2세』는 실패한 왕 리처드 2세를 그리고 있습니다. 셰익스피어는 정원사의 입을 빌려 다음과 같이 리처드 2세의 실패의 원인을 말합니다. 정원사가 정원을 손질하듯 왕도 평소에 통치를 위한 준비를 해두었으면 좋았을걸 하면서요.

"우리는 쓸모없는 가지를 잘라 버리지, 과실 맺을 가지를 살리기 위해서."

왕의 일이나 정원사의 일이나 본질은 통한다고 얘기하는 것 같습니다. 셰익스피어의 대사가 명언이 되는 이유는 작가 자신이 등장인물에 이입되어 진심을 전달하기 때문입니다. 진심은 통하기 마련이며 공감의 기초도 진심입니다. 사랑에 빠진 로미오를 보고 친구들이 놀리자 공감이 필요했던 그가 하는 말은 정곡을 찌릅니다.

"상처의 고통을 모르는 자가 타인의 아픔을 비웃는 법."

타인의 입장이 되어 봐야 공감을 가질 수 있습니다. 『햄릿』의 인물 폴로니어스가 아들에게 하는 말입니다. 역시 인간관계는 상대방의 말을 듣는 데서 시작합니다.

"모든 사람에게 너의 귀를 빌려주고, 네 말은 아껴라."

셰익스피어는 인생에 대해서도 수많은 명언을 남겼습니다. 동양철학이나 불교사상과도 통하는 무無와 공空의 개념이 곳곳에 나타나는 걸 보면 동서양의 차이도 습속의 차이일 뿐 사상의 차이는 거의 느껴지지 않습니다. 인생을 흔히 연극으로 비유하는데, 셰익스피어가 그 원조입니다. 그에 의하면 세상이 무대이고 인간은 배우인 거지요. 『좋으실 대로』의 등장인물인 제이퀴즈의 입을 빌려 이렇게 설명합니다.

"세상은 온통 무대지요.

온갖 남녀는 배우이고요.

모두 등장과 퇴장이 있고

한 사람이 평생 여러 역할을 하는데

시기별로 모두 7막입니다."

그러고는 제1막인 젖먹이 시절부터 제7막에 이르러 파란 만장한 역사를 마감하는 시기까지 하나하나 얘기합니다. 대개 인생이란 우여곡절이 많으며 끝은 허무하다는 걸 보여 줍니다. 사랑이 인생에서 가장 멋진 일이기는 하지만 그것도 덧없기는 마찬가지입니다. 『한여름 밤의 꿈』에서 라이샌더는 사랑의 덧 없음을 이렇게 얘기합니다.

"화려한 것은 순식간에 사라진다."

셰익스피어의 대사 중 70% 정도가 운문이라고 했지요? 따 라서 시적으로 멋진 표현들이 많습니다. 셰익스피어의 등장인 물 중 최고 악인인 이아고조차 질투를 이렇게 시적으로 표현합 니다. 이아고가 오셀로의 질투심을 유발시키는 장면입니다.

"그놈은 초록색 눈의 괴물인데 사람의 마음을 먹이로 우리를 농 락하거든요.

It is the green-eyed monster which doth mock the meat it feeds on."

시적인 대사가 가장 많은 등장인물은 아마도 햄릿과 줄리엣일 겁니다. 앞에서도 이미 많이 얘기를 했으니, 여기서는 다른 인물들을 좀 더 살펴보도록 하지요. 클레오파트라의 다음 대사는 신선하지 않나요? 클레오파트라가 시녀에게 카이사르를 만났을 때 일을 회상하며 하는 말입니다.

"그건 내 풋내기 시절, 판단은 미숙하고 정열도 없던 때의 얘기지.
My salad days, when I was green in judgment, cold in blood."

클레오파트라가 카이사르를 만난 건 20대 초반의 일이었으니 풋내기 시절이 맞습니다. 당시 50대였던 카이사르에 비하면 풋풋한 야채 샐러드였던 셈이지요. '클레오파트라의 코가 조금 낮았다면'이라는 파스칼의 가정을 '클레오파트라가 카이사르를 만났을 때 10살만 더 많았다면'으로 바꾼다면 세계 역사는 더욱 극적으로 바뀌지 않았을까요?

인생은 대체로 고뇌의 연속이지만 셰익스피어는 인생에는 아름다운 면도 있다는 걸 얘기합니다. 『템페스트』에서 밀라노의 공작 프로스페로와 함께 외딴 섬에 표류해서 지내던 딸 미란다가 나중에 이 섬에 찾아온 페르디난드를 만났을 때 아래와 같이 외칩니다. 무인도나 다름없던 곳에서 잘생긴 청년을 보았으니까 저런 말이 나왔겠지만 인간 세상은 원래 아름다운 곳이었겠지요. 올더스 헉슬리는 이 말에서 제목을 따서『멋진 신세계 *Brave new world*』라는 소설을 썼습니다.

"인간이 이토록 아름답다니! 오, 멋진 신세계군요. 이렇게 훌륭한 사람들이 있다니!"

우리는 인생을 어떻게 봐야 할까요? 셰익스피어는 비관적인 관점과 낙관적인 관점을 모두 보여 줍니다. 우리의 인생은 주어진 것이기도 하지만 어떻게 살아가는지는 우리 자신의 선택입니다. 다음은『말괄량이 길들이기』에서 하인이 주인에게 하는 말인데 인생을 살아가는 데 참고가 됩니다.

"즐겁지 않으면 아무것도 얻을 수 없습니다."

우리에게 주어진 인생의 시간이란 우리가 바꿀 수 없지만 이와 관련해서 기억해야 할 말이 있습니다. 물리적인 한 시간은 누구에게나 똑같은 한 시간이지만,『좋으실 대로』에서 주인공 로잘린이 한 말 그대로 그 한 시간의 의미는 사람에 따라서 다릅니다.

"시간은 사람에 따라 각자의 속도로 걸어가는 법입니다."

셰익스피어의 작품을 읽다 보면 일부러 찾지 않아도 작품 여기저기서 명언이 나타납니다. 현대의 작가들이 아직도 셰익스피어를 인용하는 걸 보면 셰익스피어는 확실히 표현의 보물 상자입니다. 명언이란 모두가 공감할 수 있어야 명언이지만, 나만이 느낄 수 있는 명언을 가끔 만날 수 있다는 게 또 다른 묘미입니다. 셰익스피어의 대사는 극 중 맥락에서의 의미뿐 아니라 독립적으로 우리가 스스로 의미를 부여할 수 있다는 점도 매력적입니다.

인생이란 무엇일까요? 그 의미는 사람마다 다를 겁니다. 셰익스피어도 모범답안에 해당하는 다양한 예시를 제공해 주었습니다. 나에게 맞는 의미를 찾아가는 것은 나의 몫입니다. 우리의 인생을 살아가는 데 있어서 『자에는 자로』의 다음 대사를 마음에 담아 둔다면, 정말 중요한 것을 놓치지 않고 살 수 있지 않을까요?

"당신의 가슴에 가까이 가서 노크를 하세요. 그리고 심장이 무엇을 알고 있는지 물어보세요."

나가는 말

먼저 이 책을 읽어 주신 독자 여러분에게 감사드립니다. 셰익스 피어의 맛을 약간 보신 독자들에게 감사하는 의미에서 제가 셰 익스피어를 어떻게 좋아하게 되었는지 얘기해 보려고 합니다. 맛을 본 다음에는 멋을 알아야 하는데, 제 개인적인 경험이 참 고가 될 수 있기 때문입니다.

대학 시절 어느 날 대형 서점에 갔는데 셰익스피어 작품의 원서 할인 판매를 하더군요. 값이 생각보다 싸고 책 표지도 멋 져서 여러 권을 들춰 보다가 두 권을 샀습니다. 영문학의 큰 별 셰익스피어를 원서로 한두 권은 읽어야 하지 않겠냐고 자문하 면서 말이지요. 내용을 아는 작품이 읽기 쉬울 거 같아 처음 고 른 것이 『베니스의 상인』이었고, 두 번째는 『율리우스 카이사 르』였습니다. 제가 카이사르를 좋아했거든요. 유명한 『햄릿』 도 사고 싶었지만 다 팔렸는지 없더군요. 어쨌든 좋은 책을 싸게 샀다는 생각으로 기분 좋게 집에 와서 당장 읽어 봐야겠다고 책을 폈습니다. 『율리우스 카이사르』가 재미있을 거 같아 먼저 읽기 시작했습니다. 웬걸요, 대여섯 페이지를 읽기가 힘든 겁니다. 내용을 아는 『베니스의 상인』은 좀 쉬울 것으로 예상했지만 그것도 마찬가지였습니다. 영어 소설도 그전에 좀 봤고 셰익스피어라 해도 대충은 이해하리라고 생각했는데 제가 아는 영어가 아닌 겁니다. 지금 생각해 보면 고교 시절에 훈민정음을 처음 봤던 느낌과 비슷했습니다. 몇 번 시도했지만 늘 몇 페이지를 극복하지 못하고 읽기를 포기했습니다.

행운은 우연히 찾아옵니다. 방학이 다가오는데 특강 공고에 셰익스피어 읽기가 있더라고요. 평소 같으면 방학 특강이 눈에 띄지도 않았을 텐데 책장에 모셔 둔 그 두 권 때문인지 공고문이 눈에 확 들어왔습니다. 그래서 수강 신청을 하고 방학이 되자 수업을 시작했지요. 그때 선정 작품이 『한여름 밤의 꿈』이었습니다. 제가 산 책 중 하나가 교재로 선택되기를 바랐지만 그런 행운까지는 없었습니다. 행운이란 지나치게 주어지는 거 같지는 않아요. 방학 기간에 그 작품 하나를 교수님의 해설과 더불어 수강생들과 같이 읽었습니다. 문학적 감상을 느낄 여유는 없었습니다. 그냥 영어 공부한다고 생각했지요. 그때 현대영어와 16세기 영어의 차이점을 조금 알게 되었고 다음 방학 때는 제가 샀던 두 권을 번역본 참고하며 읽을 수 있었습니다. 그 후 학교를 졸업하기 전에 『햄릿』과 『로미오와 줄리엣』 정도를 더 읽은 걸로 기억합니다.

『베니스의 상인』과 『율리우스 카이사르』는 나중에 생각해도 탁월한 선택이었습니다. 『베니스의 상인』은 플롯을 제외하고는 제가 알고 있던 것과 전혀 다른 인물과 사건을 다루는 느낌이어서 재미있었습니다. 『율리우스 카이사르』는 카이사르 시해를 주도한 공화파의 대표 브루투스와 카이사르를 옹호하는 안토니우스가 각자 자신의 정당성을 대중 앞에서 연설하는 장면이 있습니다. 그 두 사람의 연설이 다 멋있더라고요. 미국 대통령 후보 연설을 보면 셰익스피어가 쓴 브루투스와 안토니우스의 연설문이 영미 양국의 정치 연설에 아직도 영향을 미치고 있다고 느낍니다.

돌이켜 보면 셰익스피어는 저의 독서 생활에서 이정표가 되었습니다. 정보와 책의 홍수 시대에 가장 안전한 독서는 고전을 읽는 것입니다. 고전 읽기를 강조한 사람으로 쇼펜하우어가 떠오릅니다. 그는 좋은 책을 찾느라고 시간 낭비하지 말고 그냥 고전을 읽으라고 했지요. 그는 또 이런 말도 했습니다. "뛰어난 작가는 표현하고자 하는 모든 인물을 자기 자신으로 완벽하게 변신시킨다." 쇼펜하우어의 독서 조건에 부합하는 작가를 생각해 보니 그 첫 번째가 셰익스피어입니다.

본격적으로 셰익스피어의 작품을 읽게 된 계기도 서점이었습니다. 직장 생활로 책을 한동안 잊고 지내다가 어느 날 바로 그 서점에 들렀을 때였습니다. 옥스퍼드 고전 시리즈

(Oxford World's Classics)로 나온 셰익스피어 작품을 또 할인 판매하는 겁니다. 셰익스피어의 작품은 많은 출판사에서 나왔지만, 옥스퍼드 시리즈가 그중에서도 권위가 있고 유명해서 알고 있었거든요. 게다가 거의 모든 유명한 작품이 매대에 나와 있더라고요. 가격도 제가 생각했던 책값의 절반 정도라 4대 비극을 포함해서 제목이 눈에 익은 작품을 골라 10권쯤 샀습니다. 학창 시절 처음 읽었던 기억이 떠오르며 행복했지요. 이 순간의 행복감만으로도 책값은 다했을 겁니다. 이때 셰익스피어 작품 10권의 구매가 제 평생의 수많은 소비 선택 중 단연 최고라고 할 수 있지요. 이때까지도 제가 셰익스피어의 희곡 전 작품을 전부 읽으리라고는 생각하지 못했습니다. 언제까지 몇 권을 읽겠다는 목표도 없었습니다. 그냥 시간 날 때마다 조금씩 읽었습니다.

『말괄량이 길들이기』로 시작해서 『헨리 4세』 등 영국 사극 몇 개, 그리고 4대 비극이 그때 산 10권인데 그 책을 다 읽는 동안 꽤 오랜 세월이 흘렀습니다. 10권을 읽는데 아마 10년 이상 걸렸을 겁니다. 직장 생활이 바쁘게 돌아가면 일부러 노력하지 않는 한 책을 멀리하게 되더라고요. 그래도 셰익스피어 때문에 사이사이에 다른 책들도 보게 되고 셰익스피어의 맛과 멋을 조금씩 알게 되었습니다. 10년 전에 읽었던 『햄릿』과는 아주 다른 햄릿을 보게 되었습니다. 셰익스피어의 4대 비극은 정말 특별합니다. 대사 하나하나가 시적이고, 플롯은 치밀하며, 의미는 심오합니다. 그런데 처음 읽을 때는 저도 그랬지만 셰익스피어가 쓴 위대한 작품들의 맛을 제대로 느끼기가 쉽지 않은 것 같아요. 희곡이라는 문학 장르가 이유가 될 수도 있고 셰익스피어의 극작 기법 때문이기도 합니다. 연극을 보면 되니까 대본을 보는 건 익숙하지 않지요. 책을 통해 보는 희곡은 아무래도 배우의 연기로 보는 연극에 비해 전달력이 떨어질 수밖에 없습니다. 극작가는 소설가와는 달리 등장인물의 대사 외에 따로 설명이나 해설을 해주지 않습니다. 게다가 셰익스피어는 자신의 메시지를 명확하게 드러내지 않아서 작가가 말하려고 하는 것이 무엇인지 독자가 즉시 알아차리기 어렵습니다. 그는 거울에 비추듯 등장인물들을 있는 그대로 보여 줄 뿐입니다. 제가 이 책을 쓴 이유 중 하나는 독자들이 셰익스피어의 작품 세계를 재미있게 여행하기 위해서는 안내서가 필요하다고 생각했기 때문입니다. 아는 만큼 보이고, 보이는 만큼 재미있기 마련이거든요. 셰익스피어의 작품을 읽으시려는 독자는 주석이 풍부하게 달린 최신 번역본을 택하는 게 좋습니다. 그리고 소설이 아니라 연극의 대본을 읽는다고 생각하면 등장인물의 연기와 장면이 연상되면서 조금은 쉽게 읽을 수 있습니다.

제가 셰익스피어의 작품을 다 읽게 된 것은 회사 생활을 하면서 경영자가 된 후의 일입니다. 강연할 기회마다 셰익스피어나 제가 읽었던 고전을 바탕으로 했지요. 나중에는 외부 기관에서도 강연 요청이 오더라고요. 강연을 되풀이하는 과정에서 셰익스피어 작품뿐 아니라 다른 자료들도 찾아보게 되고 읽지 못했던 작품들도 하나하나 읽게 되었습니다. 특별히 다 읽겠다는 목표가 있어서가 아니라 이때는 책 읽는 재미가 있더군요. 이 무렵 제임스 조이스의 『율리시스』를 읽어 봐야겠다고 생각했습니다. 한 번 읽기만 해도 독서 경력에 이정표가 된다고 하는 작품이지요. 분량도 많고 어렵습니다. 아주 여러 번 시도해서 단편적으로 훑어는 봤지만 제대로 읽었다는 생각이 들지 않는 특이한 책입니다. 내용도 이어지는 형태로 기억나지 않지만, 인상적인 점은 셰익스피어를 인용한 부분이 유난히 많다는 것입니다. 제임스 조이스는 하느님 다음으로 많은 인물을 창조한 사람이 셰익스피어라고 했다지요. 그가 왜 그런 말을 했는지 이해할 수 있을 듯합니다. 이 말이 셰익스피어를 완독하는 데 도움이 되었습니다. 셰익스피어 작품의 핵심은 인물이거든요. 셰익스피어가 그리는 인물에 어떤 사람들이 또 있는지 궁금해서 읽지 않을 수 없었습니다. 1,222명의 등장인물이 얼마나 많은 건지 실감하기 어렵지만, 작가가 성격이 다 다른 인물을 그 정도 만들어 내는 건 그 자체로 엄청난 일이라고 합니다.

독서란 엄청난 확장성을 가집니다. 독서가 습관이 되면 다양한 분야의 다양한 작가 작품으로 꼬리를 무는 독서가 이어집니다. 저 자신도 셰익스피어를 출발점으로 다양한 책을 읽게 되었습니다. 대부분의 명작은 결국 인간과 세상에 관한 이야기입니다. 현대의 많은 작가가 여전히 셰익스피어를 인용하는 이유가 있습니다. 저는 다른 책을 읽다가도 셰익스피어의 인물을 연상하게 되는 경우가 많더군요. 인간 세상에 대한 셰익스피어의 통찰은 현대인에게도 그대로 적용됩니다. 저는 확실히 학교에서보다는 셰익스피어로부터 인간과 관계에 대해서 많이 배웠습니다.

셰익스피어를 인생의 멘토로 받아들일 수 있다면 누구에게나 행운일 것입니다. 이 책이 셰익스피어의 사상을 일부라도 이해하고 그의 작품에 다가갈 수 있는 계기가 되기를 희망합니다. 독자들이 셰익스피어에게 다가가는 다리로서 이 책을 조금 더 쉽고 재미있게 읽을 수 있도록 편집에 특별한 노력을 기울인 그린비출판사와 임유진 주간에게 감사드립니다.

초고를 가장 먼저 읽고 솔직한 감상을 얘기해 준 아내와 원고를 꼼꼼히 읽고 조금 더 나은 책을 위한 실질적 조언을 해준 친구 최훈근에게 감사의 말 전합니다. 짧게 쓰라는 서보현, 간결이 생명이라는 박홍진 형의 말씀을 실천하려고 노력했습니다. 감사합니다. 그리고 너무 많아서 이름을 다 적기 어렵지만 늘 관심을 가지고 격려와 응원을 아끼지 않은 문화인 친구들에게 고맙다는 말 전합니다.

인용 작품과 등장인물

셰익스피어 작품을 읽는 가장 큰 의미는 그로 인해 우리 삶에 대해, 자신에 대해 생각해 볼 수 있다는 점일 겁니다. 셰익스피어의 작품을 보거나 읽지 않았더라도 이 책을 통해 충분히 즐기고 활용하실 수 있도록 인용 작품과 등장인물, 특히 개성이 강한 인물에 대해서 간단한 느낌을 정리했습니다.

끝이 좋으면 다 좋아 *All's Well That Ends Well*

착한 여주인공 헬레나가 출세 지상주의자이며 속물적 명예를 우선시하는 버트람과 우여곡절 끝에 결혼하는 이야기. 버트람은 헬레나가 귀족 신분이 아니라는 이유로 결혼을 거절하다가 왕이 명해서 억지로 동의하는데, 작품의 제목이 어울리는 것 같기도 하고 아닌 것 같기도 합니다. 셰익스피어의 의도는 무엇이었을까요?

버트람 Bertram	백작의 아들이자 출세에만 관심이 있는 속물. 셰익스피어의 인물 중 대표적 비호감 인물 중 하나.

헬레나 Helena	백작 집안의 주치의의 딸. 버트람을 짝사랑하는 여주인공. 버트람은 자신을 사랑하지도 않고 관심도 없는데 헬레나는 왜 이 남자를 사랑할까요? 마지못해 버트람이 결혼 승낙을 하게 되지만 그 결혼이 행복할지 걱정됩니다.
파롤레스 Paroles	버트람의 수행원.
프랑스 왕 King	명예에 관한 셰익스피어의 생각을 전달하는 역할.
라바치 Lavatch	광대.

로미오와 줄리엣 *Romeo and Juliet*

남녀가 서로 첫눈에 반하는 러브스토리의 전형. 셰익스피어는 왜 제목을 '로미오와 줄리엣'으로 정했을까요? 줄리엣의 비중이 더 중요한 것 같은데 말이지요. 내용은 모두가 이미 알고 있으므로, 이 작품을 읽으려면 다른 접근이 필요합니다. 시적인 대사를 음미하면서 읽으면 다 아는 얘기라도 재미있습니다.

줄리엣 Juliet	캐퓰릿가의 외동딸. 열정적이며 주체적인 사랑의 여주인공. 줄리엣의 대사는 존경스러울 정도로 시적입니다.
로미오 Romeo	줄리엣의 상대, 몬태규가. 순수하고 철학적인 면이 있는 청년이지만 성급한 판단으로 비극을 이끄는 주인공.
머큐시오 Mercutio	티볼트와 칼싸움 끝에 죽게 되는 로미오의 친구. 그 싸움을 말리다가 로미오가 티볼트를 찌르게 되어 비극의 발단이 되지요. 일찍 죽기 때문에 대사는 많지 않지만 재미있는 캐릭터입니다.
티볼트 Tybalt	줄리엣의 사촌 오빠.
로렌스 Lawrence	성직자, 신부.

인용 작품과 등장인물

| 파리스 Paris | 백작, 줄리엣의 구혼자. |

리어 왕 *King Lear*

권위주의자 리어 왕이 독단적 결정으로 자신이 은퇴하면서 영토를 분할해 착한 막내 딸은 제외하고 못된 두 딸에게 나눠 주지만, 두 딸에게 버림받으며 비극을 맞이하는 이야기.

리어 왕 King Lear	주인공, 고집쟁이 권위주의자. 리어 왕은 모든 것을 잃은 후에야 평범한 인생의 진리를 깨닫게 되는데, 우리가 마음에 간직할 철학적 과제를 던져 주는 인물입니다.
켄트 Kent	셰익스피어의 인물 중 최고의 충신.
고너릴 Gonoril	리어 왕의 맏딸.
리건 Regan	리어 왕의 둘째 딸.
코델리아 Cordelia	리어 왕의 막내딸.
광대 Fool	셰익스피어의 광대 역할 중 가장 철학적인 캐릭터.

리처드 3세 *Richard III*

왕위계승 서열이 4번이었던 리처드가 자기 형과 어린 두 조카를 살해하고 왕위에 올라, 비뚤어진 성격의 리처드 3세가 되어 폭정 끝에 몰락하는 이야기.

| 리처드 3세 Richard III | 일종의 성격파탄자이며 폭군으로 유명한 요크가의 마지막 왕. 영국 역사상 전투 중 사망한 단 두 명의 왕 중 하나로 연극적으로 매력 있는 캐릭터라 배우에게는 인기 높은 배역이라고 합니다. |

맥베스 *Macbeth*

4대 비극 중에 분량은 가장 적지만 철학적 깊이로는 『햄릿』 못지않은 우수작. 개선장군 맥베스가 앞에 나타난 세 마녀로부터 장래 왕이 될 거라는 예언을 듣고, 스스로 왕이 되기 위해 던컨 왕을 살해하여 왕위에 오르나, 양심의 가책과 불안으로 하루도 편하지 못한 비극적 인간의 이야기.

맥베스 Macbeth	던컨의 장군, 나중에 왕.
맥베스 부인 Lady Macbeth	맥베스보다 더 독한 마음으로 왕의 시해를 결심한 맥베스의 부인. 상당히 비중 있는 캐릭터인데 셰익스피어가 별도의 이름 없이 레이디 맥베스라고 칭한 이유가 있을까요?
뱅쿠오 Banquo	맥베스의 동료 장군.
던컨 Duncan	스코틀랜드 왕.

베니스의 상인 *The Merchant of Venice*

베니스의 백인 상류층과 이방인인 유대인 샤일록과의 갈등 구도로 인간의 위선과 이분법적인 차별을 풍자한 작품. 영문학자들이 왜 『베니스의 상인』을 5대 희극에 넣었을까 의문이 들 수 있습니다. 희극이라기보다는 문제작으로 볼 수 있거든요.

안토니오 Antonio	베니스의 무역상.
바사니오 Bassanio	안토니오의 절친, 빈 껍데기 속물 귀족.
샤일록 Shylock	이유가 있는 복수심을 품은 유대인 대부업자.
포샤 Portia	부자 상속녀. 정의의 대변자가 아니라 엄밀하게 말하면 법정 사기극의 주인공.
발타자르 Balthasar	포샤가 법학 박사로 나올 때의 차명.
제시카 Jessica	아버지 샤일록을 배신한 딸.
로렌조 Lorenzo	제시카의 연인, 바사니오의 친구.

인용 작품과 등장인물

심벌린 *Cymberline*

포스튜머스가 『오셀로』의 이아고처럼 교묘한 언변을 가진 이아키모에게 현혹되어 아내인 이모젠의 정조 빼앗기 내기를 하자는 제안에 말려들고, 이아키모의 술수에 아내를 의심하지만 이모젠이 사랑으로 극복하는 이야기.

이모젠 Imogen	브리튼의 공주. 사태 판단도 제대로 못하고 의심만 많은 남편을 사랑의 힘으로 이끄는 현명한 여인.
포스튜머스 Posthumus	이모젠의 남편. 셰익스피어의 인물 중 몇 안 되는 비호감 인물로 남의 이야기만 듣고 아내가 부정하다고 믿는 어리석은 남자.
피사니오 Pisanio	주인 포스튜머스보다 몇 배는 똑똑한 하인으로 이모젠의 조력자.
이아키모 Iachimo	야비한 이탈리아인 속물 신사.
심벌린 Cymberline	고대 브리튼의 왕.

십이야 *Twelfth Night*

셰익스피어 로맨틱 코미디의 정수. 모든 등장인물이 사랑과 연관되고 신분과 형식을 초월하며 자유를 발산하는 유쾌한 이야기. 여러 명이 작당해서 한 사람의 위선자를 골탕 먹이는 이야기는 좀 심하기는 하지만 재미있습니다.

오르시노 Orsino	올리비아를 짝사랑하지만 사랑의 표현조차 직접 하지 못하고 비서 바이올라를 통하는 줏대 없는 공작.
바이올라 Viola	공작의 비서. 자신의 희망대로 오르시노 공작의 사랑을 얻어 결혼에 이르는 주체적 여성. 셰익스피어는 항상 사랑의 주체성을 강조합니다.
마리아 Maria	올리비아의 하녀. 재치 있는 여성으로 말볼리오를 골탕 먹이는 작전을 짜고 실행하는 주역.

인용 작품과 등장인물

말볼리오 Malvolio	올리비아의 집사. 귀족인 올리비아와 결혼해서 신분
	상승을 노리는 속물이자 고지식하고 젠체하는 성격
	으로 주변 인물들 사이에서 공적과 같은 인물. 골탕
	먹는 조연이지만 개성적 역할로 연극적으로 중요한
	배역입니다.
올리비아 Olivia	백작가의 상속녀.
세바스찬 Sebastian	바이올라의 쌍둥이 남매.
토비 벨치 Toby Belch	올리비아의 삼촌.
앤드류 Andrew	토비의 친구, 올리비아를 사모함.
페스테 Feste	광대.

아테네의 티몬 Timon of Athens

금전적으로 베푸는 일이 친구를 만드는 비결이라고 생각하는 아테네의 부자 티몬이
가진 돈 모두를 우정을 사는 데 탕진하고 몰락하는 이야기. 돈으로 우정을 살 수 있을
까요?

| 티몬 Timon | 돈으로 우정을 사려고 하는 주인공. |
| 아페만투스 Apemantus | 냉소적 비판자, 티몬의 친구. |

안토니우스와 클레오파트라 Antony and Cleopatra

이집트 여왕 클레오파트라와 로마의 장군 안토니우스의 정치와 사랑 이야기. 공화정
에서 황제 체제로 변하는 과정의 로마 역사도 알려 주는 재미있는 읽을거리.

| 클레오파트라 Cleopatra | 이집트의 여왕. |
| 안토니우스 Antony | 로마의 장군. |

인용 작품과 등장인물

이노바부스 Enobarbus	충성스럽고 의리 있는 안토니우스의 부하.
풀비아 Fulvia	안토니우스의 정실 부인.
카르미안 Charmian	클레오파트라의 시녀.
옥타비우스 Octavius	카이사르의 조카. 카이사르의 후계자로 정식 이름은 율리우스 카이사르 옥타비아누스. 나중에는 황제의 이름으로 카이사르 아우구스투스로 칭합니다.

오셀로 *Othello*

무어인 장군 오셀로의 인사 결정에 불만을 품은 부하 이아고가 오셀로의 질투심을 유발해 의처증을 만들어서 백인 귀족 출신의 아내를 살해하게 하는 일종의 심리극. 오셀로는 이아고의 언변과 기만에 농락당하며 어이없이 당하지만, 우리는 함부로 오셀로의 어리석음을 비웃을 수 있을까요?

오셀로 Othello	베니스의 장군. 유색인이지만 군사적 능력이 탁월해서 베니스의 장군으로 발탁된 인물. 오셀로가 군사적 능력 외에는 허점이 많은 순박한 이방인인 것은 셰익스피어의 의도적 설정이었을 듯합니다. 이아고에게 당하기 쉬운 조건이어야 하니까요.
이아고 Iago	오셀로의 기수. 셰익스피어의 인물 중 대표적 악인으로 교묘한 언변과 기만의 대가.
카시오 Cassio	오셀로 장군의 부관. 이아고가 오셀로에게 앙심을 품게 되는 동기가 되는 인물. 이아고가 원하던 장군의 부관으로 발탁되기 때문이지요. 그는 오셀로와 함께 이아고의 보복 대상이 됩니다.
데스데모나 Desdemona	오셀로의 부인.
브라반시오 Brabantio	데스데모나의 아버지, 베니스의 상원의원.
에밀리아 Emelia	이아고의 부인.

인용 작품과 등장인물

율리우스 카이사르 *Julius Caesar*

카이사르 암살의 역사적 배경을 재현하고 공화파와 황제파 사이의 권력 암투 과정을 그린 역사물. 제목은 카이사르의 이야기이지만 그는 극의 중간에 죽기 때문에, 분량은 많지 않고 브루투스나 안토니우스의 역할이 더 크게 느껴집니다.

카이사르 Caesar	주인공.
브루투스 Brutus	카이사르 암살파의 정신적 지주.
카시우스 Cassius	카이사르 암살파의 주모자.

좋으실 대로 *As You Like It*

프레데릭 공작은 동생에게 축출당한 후 따르는 사람 몇 명과 함께 아덴 숲으로 피신하는데, 이를 안타깝게 여긴 조카 실리아가 로잘린드와 함께 가출해서 숲속 생활을 하며 사랑을 찾아가는 이야기.

프레데릭 Frederick senior	전 공작.
로잘린드 Rosalind	전 공작의 딸.
실리아 Celia	현 공작의 딸.
터치스톤 Touchstone	광대.
제이퀴즈 Jaques	전 공작 추종자, 함께 아덴 숲속 생활함.

템페스트 *Tempest*

밀라노의 공작 프로스페로가 조각배에 태워져 추방당해 폭풍우 속에 딸과 함께 표류하다가 외딴 섬에 난파해 벌어지는 이야기. 프로스페로가 마법을 익혀 그 섬의 지배자가 되고 마법의 힘으로 그동안의 모든 문제를 해결하여 유혈 복수 없이 정의를 회복하게 됩니다.

인용 작품과 등장인물

| 프로스페로 Prospero | 밀라노의 전 공작. 모든 걸 이루고 마법의 지팡이를 폐기하는 점에서 셰익스피어가 자신의 모델로 설정 했다고도 하는 주인공. |
| 미란다 Miranda | 프로스페로의 딸, 세상의 때가 묻지 않은 순진무구 하고 아름다운 여인. |

티투스 안드로니쿠스 *Titus Andronicus*

고트족과 적대적인 싸움으로 10년간 25명의 아들 중 21명을 잃은 로마의 장군 티투스 안드로니쿠스의 유혈 복수 이야기. 복수가 복수를 낳는 끔찍한 연쇄 살해극으로 복수의 의미를 다시 생각하게 하는 작품.

티투스 Titus Andronicus	로마의 장군, 고트족의 여왕 타모라와 원한 관계가 깊어서 복수의 화신이 된 인물. 치명적인 인간의 복수 본능을 이보다 잘 보여 줄 수는 없습니다.
타모라 Tamora	고트족의 여왕.
루키우스 Lucius	티투스의 아들.
아론 Aaron	타모라의 심복이자 정부. 셰익스피어의 인물 중 이아고와 함께 대표적 악인.

햄릿 *Hamlet*

부왕을 살해하고 왕위에 오른 삼촌에 복수를 결심한 햄릿이 할 것이냐 말 것이냐 한참 동안 고뇌하면서 실행하지 못하다가, 결국에는 엄청난 비극을 초래하는 셰익스피어의 최대 걸작.

| 햄릿 Hamlet | 덴마크의 왕자. 셰익스피어의 캐릭터 중 가장 유명 |

인용 작품과 등장인물

	한 주인공.
폴로니어스 Polonius	클로디어스의 심복. 불의에 가담한 간신이지만 생활인의 기준으로 보면 상당히 합리적이라고 판단되는 인물.
오필리아 Orphelia	폴로니어스의 딸. 외부의 악에 의하지 않고 자신의 잘못도 없는데 미쳐서 익사하는, 셰익스피어의 여성 캐릭터 중 가장 비운의 인물.
거트루드 Gertrude	햄릿의 어머니. "약한 자여, 그대 이름은 여자"라는 대사는 햄릿이 어머니에게 경멸의 뜻으로 하는 말입니다.
클로디어스 Claudius	형을 시해하고 왕위에 오른 햄릿의 삼촌.
레어티스 Laertes	폴로니어스의 아들.
호레이쇼 Horatio	햄릿의 친구.

헛소동 *Much Ado About Nothing*

재치 넘치고 주관과 자존심 강한 젊은 두 남녀 베네딕과 베아트리체의 현대적 느낌의 티격태격 사랑 이야기. 연인끼리 말싸움을 이어 가는 과정에서 서로가 매력을 발견하고 사랑으로 연결되는 걸까요, 아니면 처음부터 서로 관심이 있었는데 애정 표현에 미숙해서 말싸움의 형태가 되는 걸까요?

베네딕 Benedick	파두아의 젊은 영주. 베아트리체를 좋아하는 속마음이 겉으로는 삐딱하게 표현되어 연인을 만날 때마다 티격태격하는 자존심 강하고 짓궂은 남자 주인공.
베아트리체 Beatrice	베네딕의 연인. 자존심이 강하지만 재치 넘치고 발랄한 현대적 감각의 여자 주인공.

인용 작품과 등장인물

헨리 4세 *Henry IV*

헨리 4세의 이야기보다 왕자 핼과 조연 폴스타프의 기행이 재미있는 작품. 핼 왕자의 탈선 행각이 어떤 작용을 해서 그가 헨리 5세가 되었을 때 위대한 왕이 되었을까를 생각하게 하는 작품.

핼 Hal	헨리 5세의 왕자 시절 애칭.
폴스타프 Falstaff	핼의 술친구. 엘리자베스 1세가 가장 좋아했던 캐릭터. 폴스타프가 등장하는 다른 작품을 써 달라는 여왕의 요청을 받고 쓴 작품이 『윈저의 즐거운 아낙네들』입니다.
퀴클리 부인 Quickly	폴스타프의 단골 주점의 주모.